LA RIVALE

ÉRIC-EMMANUEL SCHMITT
de l'académie Goncourt

LA RIVALE

ALBIN MICHEL

Lorsqu'il entra dans l'Opéra, Enzo manqua défaillir.

À chaque occasion, le même phénomène le frappait. En lui, un ballon d'oxygène explosait, le gonflait, emplissait sa poitrine, élargissait son thorax, poussait ses côtes à s'arrondir pour épouser la forme ovale de la salle, faisant de lui un corps gigantesque qui s'étendait du parterre jusqu'au lustre, embrassant les balcons, les corbeilles, les galeries. Loin de se sentir petit au creux de ce vaste espace, Enzo se dilatait aux proportions du lieu, les alvéoles de ses poumons se fondant avec les multiples loges, son sang se mêlant à la pourpre veloutée des fauteuils, les éclats des dorures reflétant les picotements euphoriques qui parcouraient sa peau. Décuplé, grandiose, épanoui, il chancelait d'allégresse.

À Rimini, longtemps auparavant, tandis qu'il marchait sur le sable, la main enlacée à celle de son grand-père, celui-ci l'avait prévenu :

– Deux institutions règnent sur le cœur des Italiens : l'Église et l'Opéra. Quand ils ne sont pas émus par les vitraux, ils le sont par les rideaux.

– Toi, grand-père, qu'est-ce qui te plaît ?

– L'Opéra, mon garçon, car il incarne la passion, les sentiments, l'excès, le pathos, la folie furieuse. Ta grand-mère, en revanche, penche sérieusement vers l'Église, la prière, le cierge, la repentance.

Il avait soupiré.

– Si l'on est bon pour l'un, on est perdu pour l'autre.

Quelques années plus tard, en compagnie de son grand-père qui l'élevait, Enzo avait découvert l'opéra. Il avait frissonné, tremblé, rugi et, depuis, n'avait cessé d'écouter des enregistrements, de visionner des captations, de parcourir d'obsolètes programmes au papier défraîchi, de se rendre aux spectacles des fameux gosiers qui faisaient une halte dans leur cité balnéaire. Rossini, Bellini, Verdi, Puccini s'imposèrent à lui comme des dieux à vénérer ; cette religion occupa bientôt toute la place, l'éloignant peu à peu de sa grand-mère confite dans sa bible et ses rosaires ; il relégua donc le chapelet qu'elle lui avait offert et lui emprunta ses vétustes jumelles de théâtre. Si le foot absorbait ses camarades, lui ne vibrait que pour la musique lyrique. À vingt ans, il avait quitté Rimini et gagné Milan, où il avait décroché un emploi de guide touristique. Il plaisait aux groupes. Élancé, les épaules voûtées sur une poitrine creuse, la crinière coiffée au ventilateur, il affichait un visage doux, pâle, sans traits saillants, auquel seules des lunettes à la monture en écaille épaisse et structurée conféraient du caractère.

Grâce à sa fonction, le jeune homme collectionnait les occasions de s'introduire à l'Opéra : le jour, après un tour vite expédié de la cathédrale et de la pinacothèque, il conduisait les voyageurs à la Scala ; la nuit venue, derechef, il se ruait aux représentations. En deux ans, rien n'avait flétri son enchantement ; plus il fréquentait ce temple, plus son oreille s'affûtait et mieux il percevait les voix, même en dehors des spectacles, comme ce matin-là où, rideau fermé, fosse vide, le silence bruissait de fantômes.

– Pour un chanteur ou une chanteuse, se produire à la Scala de Milan offre une consécration, déclara Enzo au groupe de Français qu'il escortait.

– Pourquoi ?

Un sexagénaire en bermuda beige, verres de lunettes graisseux, cheveux en brosse poivre et sel, bombardait Enzo de questions depuis l'aube.

Enzo plissa les yeux, amusé. Naturellement, le Français s'indignait que Milan ait plus de prestige que Paris. Pourquoi le coq tricolore ne s'étonnait-il pas aussi que l'italien, avec ses voyelles claires et ses consonnes tranchantes, flatte davantage le chant que la langue française ombrée par ses nasales, ternie par ses « r » avalés ? Enzo s'enorgueillissait d'appartenir au pays du bel canto.

– Pourquoi la Scala ? insista le sexagénaire, sceptique.

Qu'avait-il de plus que les autres, ce théâtre, avec ses empilements d'étages, sa raideur solennelle, son teint cramoisi, son plateau géant exposé aux courants d'air et au brouhaha des coulisses ?

– Les atouts de la Scala ? Son public et son passé ! s'exclama Enzo. Son public chevronné, expert, exigeant – certains diront injuste. Son passé, car l'excellence attire l'excellence. Tous les grands chanteurs, toutes les grandes chanteuses, mesdames et messieurs, ne caressent qu'un rêve : fouler les planches de la Scala. Un engagement ici équivaut au prix Nobel de l'art lyrique ! Ces murs ont accueilli Caruso, Gigli, Flagstad, Del Monaco, Schwarzkopf, Pavarotti, Sutherland, Caballé, Domingo… et surtout, maintes et maintes fois, la Divine, la sublime Callas !

Un étrange bruit retentit au parterre, quelque chose comme un crachat.

Les gens se retournèrent. Seule une vieille femme se trouvait là, assise, fixant le rideau de scène. Ils avaient dû se tromper.

– Maria Callas, poursuivit Enzo, donna plusieurs de ses rôles majeurs à la Scala, dont celui de Violetta dans *La Traviata*, un moment historique.

– En quelle année ? s'enquit le sexagénaire.

Il tente de me piéger, songea Enzo, il me

presse de questions, non pour obtenir des informations, mais pour démontrer mon insuffisance.

– 1955. Mai 1955, sous la direction du chef Carlo Maria Giulini. Le cinéaste Luchino Visconti avait mis Maria Callas en scène. Jamais on n'assista à plus saisissante incarnation.

Encore le bruit d'un crachat.

Enzo pivota et scruta une à une les rangées de l'orchestre. À première vue, personne n'entourait la vieillarde. Quelqu'un se camouflait-il entre les fauteuils, plaqué au sol ? Confiant dans les agents de sécurité, Enzo balaya la question et se résolut à continuer.

– On raconte que, durant l'air *Addio del passato*, au troisième acte, alors que, sur l'aigu final, les sopranos ordinaires s'appliquent à lancer une note ravissante qui flatte leur timbre, Maria Callas, elle, risquait un son laid, parce qu'elle y voyait un cri, le sanglot d'une mourante, la détresse d'une malade ravagée par la tuberculose.

– Elle n'avait pas le choix ! Si elle avait essayé de faire joli, on se serait rendu compte que sa voix était épouvantable.

Plus de doute : la repartie émanait du parterre. La soudaineté de ce mugissement, la brutalité du propos heurtèrent l'assemblée. Enzo s'interrompit, observa les alentours, la femme immobile à la face cireuse, puis de nouveau les alentours. Perplexe, il reprit, avec cependant moins d'assurance :

– Inutile de vous préciser, mesdames et messieurs, que le gros du public, à l'époque, n'était guère disposé à accepter autant de nouveauté ni une telle exigence artistique. J'ai le regret de vous rappeler qu'ici on siffla Maria Callas autant qu'on l'acclama.

– Ça, c'est vrai !

La vieillarde s'était dressée, drapée dans un manteau qui imitait la fourrure de panthère. Le nez altier, les tempes rougies, les yeux d'un noir inquiétant, elle frémissait. La colère lui procurait une énergie que nul n'aurait soupçonnée chez une personne de cet âge.

– La Callas recevait des bottes de radis. Toc ! À l'avant-scène ! Des sacs de navets ! Toc toc ! Ça rebondissait sur la rampe. À Milan, la Callas a enrichi les marchands de légumes. La moitié des spectateurs lui lançaient de quoi se cuisiner un minestrone. Tout le monde n'est pas sourd, quand même !

L'attaque contre l'une de ses icônes fit sortir Enzo de ses gonds :

– Callas a révolutionné l'art lyrique et les tenants de la tradition en ont été offusqués. De nos jours, avec le recul, on mesure mieux sa contribution. Elle est plus grande morte que vivante.

Malheureusement, dès qu'Enzo haussait la voix, il la perdait : elle s'était enrayée et coincée dans le suraigu, transformant sa réplique en braillement de goret étranglé. Devant cette déroute, la vieille dame conclut en se pourléchant :

– Comment osez-vous juger l'art des chanteurs alors que vous ne maîtrisez même pas votre diction ?

Elle pointa vers le groupe un index menaçant, ganté d'un velours élimé rongé jusqu'à la trame :

– Foutez-nous la paix avec Callas ! Dans ma vie, j'ai croisé au moins cent cantatrices qui possédaient une voix plus belle que celle de Callas ! Certes, elle avait de la puissance, sinon aucun directeur n'aurait balancé cette Grecque sur scène, mais elle était tonitruante comme une sirène de pompiers ! Aussi vilain, ça ne s'appelle pas une voix, plutôt une pétoire ! Oui, une pétoire, rien d'autre. Au niveau du timbre, un jambon trop fumé, noir, faisandé, épicé. Rien du laiteux, du lumineux, du miellé qu'on escompte d'une soprano.

– Comment vous permettez-vous de critiquer la Callas ? glapit Enzo.

– Je l'ai entendue, moi, jeune homme. Je suis née la même année qu'elle et j'ai mené ma carrière pendant qu'elle accomplissait la sienne. Je sais de quoi je parle.

– Qui êtes-vous, madame ?

– J'étais la rivale de Maria Callas.

Un silence figea l'assemblée. Les visiteurs de la Scala retenaient leur souffle. Le ton péremptoire, hautain, définitif, avec lequel la vieillarde s'était présentée les médusait. Ils semblaient prêts à accorder un crédit total à celle qui, malgré son âge, dégageait une telle ardeur incendiaire. Elle se rassit, royale, ayant l'air de replacer les plis d'une ample robe à crinoline autour d'elle, bien qu'elle ne portât qu'un manteau râpé dans lequel elle s'était rabougrie, puis elle renoua son tête-à-tête avec le rideau, signifiant par cette indifférence olympienne que la conversation était close et qu'elle désirait demeurer seule.

– Voici l'heure du déjeuner, annonça Enzo à son groupe.

À contrecœur, les touristes se dispersèrent et remontèrent l'allée. Le sexagénaire aux mille questions fonça vers Enzo.

– Qui est-ce ?

– Jusqu'à nouvel ordre, la rivale de Callas était la Tebaldi.

– Ah… oui, Renata Tebaldi, bien sûr… Nous avons donc discuté avec Renata Tebaldi !

– Renata Tebaldi est décédée depuis des années.

– Alors qui est cette femme ?

– Je l'ignore, monsieur.

Enzo évita le regard du sexagénaire en culottes courtes et nu-pieds, supposant qu'il était aussi déçu que content de l'avoir mis en défaut, ce qu'il cherchait depuis le matin.

Au lieu de conduire le groupe vers la trattoria

qu'il leur avait indiquée avant la visite, Enzo s'esquiva, non sans leur avoir promis qu'il les rejoindrait. Dès que le hall de la Scala fut vidé, il regagna promptement la salle et constata, soulagé, que la vieillarde n'avait pas bougé, assise à l'œil du prince, au centre du septième rang, la meilleure place pour la visibilité, indice attestant qu'elle était du sérail.

Il s'approcha d'elle avec une lenteur déférente. Les prunelles fauves perçurent le jeune homme à leur droite et le suivirent sans que la tête tournât. Il s'inclina.

– Pardonnez-moi, je ne vous ai pas reconnue tout à l'heure.

La bouche pincée, elle battit de ses paupières lourdes et sèches. Il l'implora sincèrement :

– Je ne voulais pas vous manquer de respect.

L'humble contrition d'Enzo, aussi intimidé que fasciné, décrispa les mâchoires de la vieille femme. Elle était complètement peinte, accumulant des coloris intenses, noir aile-de-corbeau sur les cheveux, marron terreux pour les sourcils en circonflexe, beige rosé en fond de teint, carmin sur les lèvres, azur sur les paupières fripées. L'ensemble avait autant d'allure que d'outrance, sorte de défi improbable qui niait la décrépitude tout en l'affirmant. Si les couleurs vives prenaient bien la lumière, elles accentuaient les rides, les sillons et la fatigue d'une peau où par endroits les grains de poudre s'accrochaient comme de la poussière.

Enzo, courbé vers elle, se préparait à recueillir une révélation fondamentale.

– Qui êtes-vous ?

Elle releva le menton.

– Je doute que vous méritiez que je vous l'apprenne.

Elle détourna la tête.

– Vu vos goûts…

Enzo se défendit :

– Je n'aime pas seulement Maria Callas, madame, j'apprécie de nombreuses chanteuses.

Elle lui jeta un coup d'œil furtif, afin de vérifier qu'il ne mentait pas. Il continua à argumenter, avide de récolter un renseignement ; il éprouvait une telle curiosité qu'il se résolut à trahir temporairement son idole.

– Je vous assure : je n'ai jamais pensé qu'il n'y avait que la Callas ni qu'elle formait l'alpha et l'oméga de l'opéra.

– Ah ça, sûrement pas !

– Madame, j'adore l'art lyrique. Autorisez-moi, s'il vous plaît, à vous reconnaître, maintenant que j'ai l'honneur de vous rencontrer.

Le regard aiguisé de la vieille femme détailla cette face poupine posée sur un corps fluet, oscilla, s'embruma et dévia vers la fosse d'orchestre.

– C'est si loin, tout ça, murmura-t-elle.

Radoucie, elle avait prononcé ces derniers mots avec émotion. Elle balbutia :

– *Un bel dì, vedremo...*

Une larme saillit de sa cornée jaunie et s'accrocha au pli rubicond de la paupière.

– *Un bel dì, vedremo*, je l'ai chanté ici. J'avais vingt-deux ans, j'avais travaillé le rôle de Madame Butterfly et je me produisais pour la deuxième fois à la Scala.

Elle fredonna :

Un bel dì, vedremo
Levarsi un fil di fumo
Sull'estremo confin del mare.
E poi la nave appare[1].

Effleurant les notes, elle sourit à son souvenir. Quant à Enzo, il s'extasiait qu'une voix juvénile sortît de cette antique personne. Elle écarquillait les yeux en fixant le vide.

---

1. « Un beau jour nous verrons un panache de fumée au-dessus de l'horizon de la mer. Et puis le navire apparaîtra. »

– Cette pauvre Madame Butterfly guette le navire qui lui ramènera son amoureux. *Un bel dì*… Un beau jour, il viendra… Il n'est jamais arrivé, ce beau jour. Je l'ai attendu toute ma vie. Aujourd'hui, quatre décennies après, je poireaute toujours. Un beau jour, quelle blague ! Jeune, on attend de vivre ; vieille, on attend de mourir. Chienne d'existence !

Elle avait oublié Enzo, s'adressant à elle-même sans prendre la peine d'articuler ; sa rêverie s'enfonçait dans les limbes de sa mémoire.

Enzo réfléchissait. Était-elle vraiment une rivale de Callas ? Dans la mesure où il connaissait l'ensemble des sopranos, des mezzos, des altos qui avaient brillé après guerre, il aurait suffi qu'elle déclinât son nom pour qu'Enzo la situât. Ou bien avait-il affaire à une folle ? Une mythomane ?

– Qui êtes-vous, madame ?

Elle ne lui prêtait plus aucune attention,

débitant des phrases embrouillées qu'elle seule démêlait. Les efforts d'Enzo pour l'arracher à sa torpeur échouaient et il conclut avec tristesse qu'elle était atteinte d'un gâtisme sévère.

Soudain, elle se tut, lissa ses vêtements, ajusta ses gants, se leva. Elle progressait avec peine entre les fauteuils. Dès qu'elle gagna la pente légère de l'allée, elle entreprit de la remonter, non sans difficulté – ses jambes la supportaient mal –, puis stoppa devant le sexagénaire français qui s'était faufilé non loin d'Enzo et qui les observait. Fronçant les sourcils, elle le toisa.

– En bermuda à la Scala. Quel sacrilège ! Et je présume que vous pénétrez avec ce genre d'accoutrement dans les églises ? Pff !

L'homme, comme pris en faute, baissa la tête.

– Cessez votre petit manège, ajouta-t-elle.

– Pardon ? murmura-t-il.

– Arrêtez de coller ce garçon.

Elle désigna Enzo du doigt.

– Il est homosexuel, comme vous, mais vous n'avez aucune chance : vous êtes beaucoup trop vieux pour lui.

De surprise, le sexagénaire toussa. Enzo, lui, s'empourpra, les joues et le cou en feu.

La vieillarde fit encore quelques pas. Au moment de pousser les deux battants de velours, elle se cramponna au mur, émit un râle et s'effondra.

*

Lorsqu'elle reprit connaissance, Carlotta découvrit quatre pompiers penchés au-dessus d'elle, tous plus séduisants les uns que les autres. À voir leurs bouches charnues aux lèvres affriandantes, leurs dents nacrées, leur peau hâlée et leurs cheveux d'un noir vigoureux, elle se sentit mieux, d'autant qu'ils semblaient n'avoir d'yeux que pour elle.

– Ça va, madame ?

L'un d'eux, de sa main chaude, lui prenait le pouls au poignet.

– Vous revenez parmi nous ?

Carlotta voulut le lui confirmer, mais sa gorge se noua, refusant de lui obéir. L'inquiétude froissa les fronts lustrés des pompiers, qui se penchèrent plus près.

– Répondez, madame, répondez ! S'il vous plaît !

Certaine que cette fois-ci ses cordes vocales réagiraient, elle tarda délibérément. À son âge, dénicherait-elle une meilleure occasion de subjuguer d'un coup d'un seul quatre magnifiques garçons ? Elle prolongea donc son malaise afin qu'ils se tourmentent encore. Celui qui tâtait son pouls gonfla l'appareil qu'il lui avait enroulé au-dessus du coude ; elle crut qu'il lui broyait le bras.

– Bon signe, la tension remonte, lança-t-il avec fierté.

Il lui sourit, ce qui la troubla. Le plus âgé des quatre s'inquiétait pourtant :

– L'aphasie résulte d'un choc au crâne. Lors de sa chute, peut-être... Conduisons-la aux urgences.

À ces mots, elle s'affola et recouvra aussitôt l'usage de la parole.

– Non, ça va...

Elle ralentit son débit, histoire de retenir ses sauveurs.

– Ce... ce n'est rien. Un malaise vagal.

Ils soupirèrent, rassérénés. Elle fut émue de constater que l'amélioration de son état les réjouissait à ce point.

– Êtes-vous sujette aux malaises vagaux, madame ? demanda l'un d'eux, visiblement passionné par sa santé.

Il possédait de longs cils qui ombraient ses pupilles, ce qui le rendait irrésistible.

– Très, murmura Carlotta en rougissant, comme si elle partageait un secret intime.

Il opina du chef en la mangeant du regard. Vraiment, Carlotta s'épanouissait au milieu de ces quatre garçons. La position dans laquelle ils l'avaient installée – les jambes légèrement surélevées – lui apportait un réconfort palpable, revitalisant chaque parcelle de son être. Depuis combien de temps ne s'était-elle pas trouvée ainsi, allongée avec un homme au-dessus d'elle ? Alors quatre… Elle pouffa intérieurement, se prélassa et s'abandonna à cette rémission providentielle.

– Quel membre de votre famille pouvons-nous contacter ?

La question l'éberlua. Elle n'avait plus de famille… Ne mesuraient-ils pas son âge ? Sa mère avait disparu il y avait cinquante ans.

– Un fils ? Une fille ? Des petits-enfants que nous pourrions joindre par téléphone ?

Ah, voilà ce qu'ils appellent une famille, songea-t-elle.

– Des amis ?

Quelle drôle d'idée ! Des amis, ici, en Italie, un pays qu'elle avait déserté plusieurs décennies ? Elle fit non de la tête.

L'athlète aux cils de princesse égyptienne se tourna vers ses collègues.

– Si personne ne nous relaie, on l'emmène à l'hôpital.

Comme il se préoccupait d'elle ! Quoique Carlotta en éprouvât une gratitude croissante, elle repéra le piège : à l'hôpital, adieu la fête, elle ne profiterait plus des quatre garçons. D'un coup d'œil panoramique, elle discerna l'endroit où elle gisait – le hall de la Scala –, les individus qui l'entouraient, et aperçut le guide avec lequel elle avait discuté, se tenant à l'écart derrière les pompiers.

– Mon neveu ! s'exclama-t-elle.

Les pompiers pivotèrent vers Enzo.

– C'est vous qui nous avez prévenus ?

– Mon neveu ! insista Carlotta.

La perspective d'une solution arrangeait les

pompiers, qui avaient hâte d'en finir avec cette mission et de passer à la suivante.

– Pouvons-nous vous confier votre tante ? À l'évidence, il s'agit d'un malaise vagal, cependant il faut qu'elle récupère.

– C'est-à-dire que…

– Mon neveu a l'habitude, s'écria Carlotta d'une voix claire, qu'elle affermit autant que possible.

Le mâle aux cils de fille posa sa main sur Carlotta, comme si elle lui appartenait, et dicta ses consignes à Enzo :

– Donc, vous la maintenez dix minutes les pieds surélevés, afin que le cerveau se réoxygène et que le rythme cardiaque devienne régulier.

– D'accord…

Les quatre gaillards se retournèrent vers Carlotta.

– Au revoir, madame, remettez-vous.

En guise de remerciements, Carlotta mâchonna des mots qu'elle-même ne distingua pas, triste de voir ses anges gardiens se dresser sur leurs jambes puissantes. Le chef s'empara d'une feuille qu'Enzo avait remplie pendant l'intervention et ils s'éloignèrent. Le bruit de leurs Pataugas résonna dans le hall de la Scala, plus accoutumée aux sons amortis des bottines et des escarpins vernis ; dehors, les portières de leur ambulance claquèrent, puis leur sirène, aussi hardie qu'eux, s'élança jusqu'à se dissiper au creux du vacarme urbain.

Enzo s'agenouilla près de Carlotta. Elle aurait aimé être une vampiresse, sucer le sang d'un corps frais, tel celui de ce bambin. Redoutant qu'il l'entendît penser, elle opéra une diversion.

– Suis-je restée évanouie un long moment ?

– Trois à quatre minutes. Le temps que les pompiers arrivent.

– Quand même ! siffla-t-elle, hésitant entre l'étonnement et la fierté.

Ils se turent un instant. La gêne du jeune homme l'attendrit.

– Dès que je serai capable de marcher, vous pourrez poursuivre votre travail… monsieur…

– Enzo Ponzi.

– … et achever votre journée, Enzo.

– Pas grave. Mon groupe de touristes déjeune. Vous… vous…

Il craignait de terminer sa phrase. Elle l'encouragea du regard.

– Êtes-vous seule à Milan, madame Berlumi ?

Elle tressaillit.

– Comment savez-vous mon nom ?

Il désigna le sac à main posé à côté d'eux.

– Excusez-moi, j'ai été obligé de chercher votre passeport pour compléter la fiche de renseignements qu'exigeaient les pompiers.

Carlotta bougonna. Il répéta doucement :

– Êtes-vous seule à Milan, madame Berlumi ?

– J'y séjourne depuis deux jours. À l'hôtel. Je viens d'Argentine.

– … où vous résidez.

Elle se braqua :

– Comment le savez-vous ?

– Vos papiers… Ils indiquent une adresse en Argentine.

Elle détestait que l'on connût trop de choses sur elle, par principe, non parce qu'elle avait des secrets à cacher. Dès l'enfance, elle avait montré ce caractère sauvageon, sur la défensive, réfractaire aux sollicitations extérieures.

– Mon grand-père vous idolâtre, Carlotta Berlumi.

– Votre… ?

– Mon grand-père. Il m'a transmis la passion de l'opéra. Maintes fois il a mentionné votre nom avec beaucoup d'admiration et d'émotion.

– Ah…

Carlotta ne parvenait pas à déterminer si ce détail lui plaisait ou l'irritait. Sans doute les deux. L'attachement de l'aïeul flattait son orgueil, mais cet éloge se référait à un faste révolu. Elle avait charmé le grand-père, elle apitoyait le petit-fils. Quelle déchéance !

Elle tenta de se mettre debout. Il lui vint en aide et approcha un fauteuil.

– Adoptez une position intermédiaire. C'est mieux pour votre cœur.

En elle-même, Carlotta pesta. Son cœur ! N'importe qui s'arrogeait le droit de parler de son cœur et la réduisait à une antiquaille destinée à la casse. Autrefois, aucun blanc-bec ne se serait risqué à évoquer son cœur, ou celui qui s'y serait aventuré avant son accord aurait reçu une claque en retour.

– Merci… euh…

– Enzo.

Il l'énervait, avec son prénom de garçon à croquer, sa gentillesse, ses attentions parfaites, tout ce qui lui rappelait qu'elle avait dépassé la date de péremption.

– Merci, Enzo.

Elle s'assit. Le gamin avait raison : ainsi, elle

régulait sa respiration. Il ramassa son sac à main et le déposa délicatement sur ses genoux. Elle marmotta contre elle-même, humiliée, malheureuse, furibonde. Maintenant, il allait la saluer et se retirer. Normal ! Pourquoi perdrait-il son temps avec une décrépite qui ne tenait pas debout ? Adieu, Enzo. Pars te goberger au milieu de tes Français, puis, à la nuit tombée, file enlacer tes amants aussi mignons que toi.

Il s'inclina devant elle et planta ses yeux dans les siens :

– Vous faut-il un neveu durant votre séjour milanais ?

– Pardon ?

– Tout à l'heure, vous avez eu besoin d'un neveu. Je fais très bien le neveu.

*

– Allô, grand-père ? Figure-toi que je passe mes journées avec Carlotta Berlumi.

– Qui ?

– Carlotta Berlumi, la cantatrice.

– Mon Dieu, elle n'est pas morte ?

– Si c'est le cas, elle le cache bien.

– Carlotta Berlumi… Oh, mon Enzo, tu me ramènes loin en arrière. À quoi ressemble-t-elle aujourd'hui ? J'ai peur de ta réponse…

– Beaucoup d'allure. Pas gâteuse du tout. Tu l'avais entendue chanter, non ?

– Oui !

– Et tu l'avais aimée, m'as-tu dit ?

– Carlotta Berlumi ? Follement… Elle était… elle était… Comment t'expliquer ? Elle était…

– La rivale de la Callas ?

– La rivale de la Callas ? Ah, ah, ah… Sur bien des points, elle la supplantait.

– En quoi ?

– Bon, je te laisse, ta grand-mère me fonce dessus, les lasagnes n'attendront pas. On en reparle. Je t'embrasse, mon garçon.

*

– Mourir à la Scala, cela aurait eu du panache !

À cette déclaration, Enzo éclata de rire. Depuis une heure, les clients du bar regardaient avec jalousie ce couple incongru, composé d'un frêle gandin et d'une vieillarde qui bavardaient à bâtons rompus. Carlotta Berlumi avait déjà siroté trois Manhattan décorés d'une cerise au marasquin pendant qu'Enzo, habitué à l'économie, faisait durer un cocktail fruité dans un verre haut et droit, où des glaçons barbotaient.

Il appréciait de plus en plus ce qu'il appelait l'humour de Carlotta Berlumi. En réalité, cette dernière n'en avait aucun, car l'humour suppose un détachement modeste ; la drôlerie de la vieille femme venait de ce que, catégorique à chaque instant, dotée d'une autorité indiscutable, elle pérorait à tout propos sans crainte de choquer, de se ridiculiser, de débiter des âneries, persuadée de détenir la vérité. Dès qu'un téméraire tentait de la contredire, soit elle l'ignorait, soit elle lui clouait le bec en haussant le ton. Elle reprit :

– « La grande cantatrice Carlotta Berlumi finit là où elle avait commencé, à la Scala de Milan. » Vous imaginez les gros titres des journaux ? Le tour de la planète en une seconde.

Enzo, certain que trop peu de gens savaient encore qui elle était pour provoquer une déferlante médiatique, n'osa pondérer son élan et préféra éluder :

– Avez-vous débuté à la Scala ?

– Presque. J'avais testé mes rôles dans quelques théâtres d'Italie. Voilà l'avantage de posséder une voix naturelle : on démarre jeune.

Par « voix naturelle », elle entendait une voix placée avant tout cours. Depuis sa naissance à Castiglione delle Stiviere, Carlotta imitait sa mère et sa grand-mère qui chantaient du matin au soir en cousant ou en repassant, tels des rossignols, la gorge libre, le souffle posé sur le bas-ventre, le timbre impeccablement logé au creux des résonateurs. À dix-sept ans, il avait suffi que Carlotta se présentât à un concours d'amateurs en Lombardie pour être repérée par un jury, lequel la confia au professeur Campogalliani qui acheva de la former au conservatoire de Mantoue. Entamant sa carrière à vingt ans, elle avait exécuté cinq Mimì de *La Bohème*, trois *Aïda*, une Cio-Cio-San de *Madame Butterfly* lorsqu'on l'avait engagée à la Scala.

– *Aïda.* En alternance avec la Tebaldi.

– Que pensez-vous de la Tebaldi ?

Carlotta haussa les épaules.

– Elle n'avait pas le contre-*ut*.

En formulant cette remarque, elle prit un air dégoûté, le genre de moue qu'on affiche en écrasant une mouche sur la table. Enzo protesta :

– Tout de même, la Tebaldi !

Il s'abstint de crier : « Tout le monde s'accorde à dire que c'est elle, la rivale de la Callas ! Comment pouvez-vous la négliger ? » mais ne put s'empêcher d'insister :

– La Tebaldi... Quel timbre ! Quel volume !

En mordillant la cerise, Carlotta serina :

– Elle n'avait pas le contre-*ut*. Comment chanter l'air du Nil en l'absence de contre-*ut* ? Elle était obligée de passer la chiffonnette.

– Passer la chiffonnette ?

– Elle feignait de monter vers le contre-*ut* avec un glissando, en opérant un port de voix, et elle s'arrêtait juste quand il fallait le tenir. Elle passait la chiffonnette.

Satisfaite de sa démonstration, elle ricana :

– Le maestro Victor de Sabata affirmait que la Tebaldi se noyait dans le Nil tandis que moi, je le traversais à pied sec.

Elle cracha le noyau entre son pouce et son index.

– Révérer une cantatrice privée de contre-*ut* ? Autant applaudir un coureur cul-de-jatte !

En s'esclaffant, Enzo ajouta, malicieux :

– Comment expliquez-vous sa fantastique carrière ?

– Je ne me l'explique pas. Cela dit, elle s'est spécialisée dans les rôles sans contre-*ut* afin qu'on ne se rende pas compte que sa voix en était dépourvue. Mais moi, on ne me trompe pas !

Le cas de Renata Tebaldi était réglé, plus moyen d'en discuter. Pourtant, Carlotta y revint d'elle-même en interrogeant Enzo :

– Où est-elle morte, la Tebaldi ?

– Chez elle, à Saint-Marin.

– Bingo ! Un paradis fiscal… Et de quoi ?

– D'une longue maladie.

– Quoi ?

– L'expression qu'on emploie à la place de cancer.

– Le cancer, ça n'a pas d'allure ! Les gens

ressemblent à une bougie qui se liquéfie et ils s'éteignent. L'idéal serait de partir d'un coup, en public, sous les feux de la rampe, dans un endroit prestigieux. À la Scala par exemple.

– Me reprochez-vous d'avoir alerté les pompiers ?

– Oh non… du tout…

Elle le regarda, les yeux embués. Enzo crut qu'elle le remerciait d'avoir pris soin d'elle, alors qu'elle songeait, nostalgique, aux quatre gaillards qui s'étaient penchés sur elle avec tant de chaleur et de vigueur.

– « Bien chanter, bien vivre, bien mourir. » Voilà ce que conseillait Ettore Campogalliani, mon professeur. J'ai bien chanté, j'ai bien vécu, il faudrait maintenant que je meure bien.

Enzo ne riposta pas. Constatant que son verre s'était vidé, elle commanda un quatrième Manhattan avec un peu plus de vermouth rouge puis elle dodelina de la tête.

– Callas a réussi sa mort. Oui, ça, elle l'a vraiment réussie, je l'admets. Elle a médiocrement chanté, assez mal vécu, mais elle est morte avec perfection.

Enzo s'étonna que, d'elle-même, Carlotta mentionnât Callas. Elle poursuivit :

– Elle a eu la bonne idée de dépérir à Paris. Très chic et très astucieux si l'on a incarné l'héroïne de *La Traviata* qui justement décède là. Ensuite, elle a disparu jeune, un coup de maître.

Elle aperçut son reflet déformé dans le verre conique déposé par le serveur.

– Moi, j'ai manqué de courage, je le déplore : lâchement, j'ai vieilli. Aujourd'hui, c'est trop tard.

– Trop tard pour quoi ?

Le nez de Carlotta se plissa, rayé de ridules.

– Pour mourir jeune !

Elle trempa ses lèvres dans le mélange de bourbon, de vermouth et d'Angostura. Sa langue claqua.

– Callas a quitté ce monde seule, inconsolable… Ça aussi, c'était une fabuleuse intuition.

– Pardon ?

– Sur scène, nous autres, les cantatrices, nous passons notre temps à agoniser. Les histoires le réclament, les compositeurs également, car les affres des héroïnes leur permettent d'écrire des airs déchirants ou des prières à fendre l'âme. La Callas a expiré prématurément, chagrinée d'avoir perdu son amant Onassis, à l'instar des protagonistes qu'elle a incarnées, ce qui l'a transformée en légende.

Elle repoussa son verre et conclut :

– Elle avait le génie de la publicité.

Enzo retint son indignation : Carlotta Berlumi estimait-elle raisonnablement que Callas avait hâté, voire organisé son trépas ? Carlotta le dévisagea.

– Si ! Vous ne la connaissiez pas : elle a tout fabriqué, sa voix, son physique, sa vie, sa mort.

Carlotta se recula au fond de son fauteuil. Elle se souvenait. Quand elle avait rencontré Callas, elle-même n'avait pas mesuré le danger que représentait l'ambitieuse qui calculait le moindre détail.

La première fois qu'elle l'avait vue, elle l'avait jugée sympathique, cette grosse Grecque avec ses lunettes de myope, mal fagotée, boutonnée, boudinée, flanquée d'un mari sénile, cette Maria Meneghini Callas qui portait un sac à main grotesquement lilliputien en proportion de sa masse. On avait envie de glisser une pièce dans la poche de son tablier en la félicitant de tenir les toilettes propres. À l'époque, son italien approximatif charriait un accent bizarre – elle avait vécu aux États-Unis durant son enfance, en Grèce pendant l'adolescence. Sitôt que Carlotta l'avait entendue interpréter *La Gioconda* aux arènes de Vérone, elle l'avait applaudie sans retenue parce que dans ces lieux immenses on a besoin d'athlètes robustes équipés de voix stridentes pour contenter les foules et exécuter les opéras casseurs de gosiers, *La Gioconda*, *Macbeth*, *Turandot*, les Wagner. Des filles pareilles, ces torrents sonores percutants, il en faut, si l'on souhaite que le métier perdure ! D'autant que ces filles-là mettent en valeur les bijoux, les perles, les anges, ces sopranos latines au timbre doré, en pain de blé, parmi lesquelles au premier chef Carlotta Berlumi, l'étoile montante du chant italien. Comme Maria Meneghini Callas ne décrochait des remplacements qu'en des salles inadaptées où l'on s'accommodait d'une aspirante au physique et à l'instrument ingrats, cette année-là Carlotta ne détecta pas en elle une rivale, pas un instant : elles ne jouaient pas dans la même cour. Autant comparer le cidre au champagne !

En revanche, deux ans plus tard, Carlotta aurait pu deviner que quelque chose se tramait quand, à la Scala de Milan, en empruntant l'entrée des artistes, elle bouscula une jeune femme brune, filiforme, somptueusement maquillée, qui lui lança :

– Eh bien, Carlotta, tu ne me reconnais pas ?

Non, Carlotta ne reconnaissait pas la Grecque obèse dans cette femme racée, élancée, sophistiquée, à l'italien désormais parfait, qui s'amusait de sa surprise. Ce jour-là, candidement époustouflée par cette métamorphose, elle ne se douta pas qu'elle était en train de complimenter sa future ennemie.

Occupée à consolider sa carrière, elle ne se préoccupait pas de Maria Callas – celle-ci avait supprimé Meneghini, le nom de son mari, de son patronyme ; selon Carlotta, elle aurait dû se dispenser également du mari. Même si on jasait dans les restaurants où soupaient les artistes à l'issue d'un spectacle – Callas constituait l'attraction du moment, l'éléphant dégonflé, la baleine transfigurée en Audrey Hepburn, une anecdote de magazine féminin –, Carlotta avait beaucoup trop de travail pour prêter attention aux caquetages, elle mémorisait ses rôles, rabâchait ses airs auprès d'un pianiste, car, le solfège lui résistant, les chefs lui reprochaient de s'autoriser des libertés avec la mesure.

– Est-ce votre orchestre qui m'accompagne ou l'inverse ? ripostait Carlotta. Est-ce vous qui ferez mon contre-*ut* ?

Cette phrase mettait un terme à l'échange. Les maestros savaient que si Carlotta pataugeait au cours d'un morceau, elle se rattrapait glorieusement à la fin en émettant un aigu retentissant, nourri, acéré, qui effaçait les approximations précédentes, foudroyait le public et galvanisait les lyricophiles.

Lorsque le directeur de la Scala lui annonça que la Grecque et elle se produiraient à la Scala dans *La Vestale*, une œuvre de Spontini, Carlotta prit enfin conscience de sa notoriété grandissante.

– Callas me remplacera ?

– Votre remplaçante à toutes les deux sera une Turque qui a étudié avec Giannina Arangi-Lombardi à Ankara. Vous et Callas alternerez.

– C'est risqué…

– Pour qui ?

– Pour elle. Pour la Scala. Elle sera sifflée, elle ne possède pas une belle voix.

– Rassurez-vous, elle a ses partisans.

– Si vous le dites… Je m'en moque, ce n'est pas moi qui en subirai les conséquences. Je chante la première représentation, bien entendu ?

– Non, ce sera elle.

– Pardon ?

– Une exigence du metteur en scène.

– Depuis quand les metteurs en scène interviennent-ils dans les distributions ?

– Depuis qu'ils s'appellent Luchino Visconti. Ce magicien du cinéma prête son goût et son aura à la Scala.

– Je rêve !

– En outre, le chef d'orchestre désire qu'il en soit ainsi.

Carlotta, abasourdie, pensa que les responsables de la Scala frôlaient la démence : si elle concédait qu'on sollicitât l'avis du chef, elle trouvait insensé que le metteur en scène eût son mot à dire. Qu'est-ce qu'un metteur en scène ? Un gueulard derrière un porte-voix qui vous indique par où entrer et sortir, un régisseur qui rappelle aux membres du chœur qu'ils restent chez eux tel jour et pas tel autre. Rien de plus ! Il n'a pas à se mêler d'art lyrique… Sur chaque scène d'Italie, Carlotta savait à quel endroit se placer pour que sa voix se propage au mieux dans la salle, et, une fois qu'elle s'y était plantée, elle n'en décollait plus, même si cela agaçait le metteur en scène, quand bien même un ténor essayait de l'en déloger. Quant aux costumes, elle apportait les siens, une tenue par opéra, confectionnée amoureusement à son avantage par sa mère et sa grand-mère, qu'elle arborait quelle que soit la production. Le jour où un metteur en scène avait prétendu lui imposer un vêtement, on avait frisé le scandale. Sous prétexte qu'il avait situé le cadre historique de *Tosca* un siècle plus tard, dans l'Italie de Mussolini, il refusait que Carlotta enfilât son habituelle robe Directoire, à taille haute, au décolleté carré, inspirée de Pauline Borghèse. Lorsqu'il lui avait prédit qu'elle se ridiculiserait d'autant plus qu'il avait chargé les acteurs de manteaux hivernaux, elle lui avait rétorqué qu'on se gausserait des autres puisque l'action se déroulait en juin 1800. Le public lui avait donné raison.

Carlotta découvrit comment Callas s'était hissée jusqu'à la Scala : débarquant la première, partant la dernière, l'intrigante affectait d'accorder beaucoup d'importance à ce que bredouillaient le metteur en scène et le chef dans le but évident de se les concilier. Le concierge confia à Carlotta que Callas suivait même les répétitions d'orchestre, participait aux discussions avec l'éclairagiste, payait au pianiste des séances supplémentaires par souci d'analyser chaque cadence, chaque fioriture, puis l'après-midi, une fois le plateau désert, elle montait sur les planches afin de préciser ses gestes et ses déplacements.

– Curieux d'ailleurs, s'exclama le concierge, parce que le résultat, c'est qu'on croit contempler une lionne totalement guidée par l'instinct.

Quelle faiseuse, cette Callas ! L'opportuniste absolue ! Carlotta avait percé son secret et compris pourquoi elle travaillait tant : plus myope qu'une taupe, Callas ne distinguait plus le chef dès qu'elle ôtait ses lunettes. Elle avait donc intérêt à connaître la musique sur le bout des notes et à compter ses pas au milieu du décor pour ne pas tomber dans la fosse. Carlotta informa aussitôt le personnel que la Grecque dissimulait ses infirmités en simulant le perfectionnisme.

De surcroît, se concilier chefs et metteurs en scène revenait à trahir la profession en léchant les culs. « Allons, ils ont plus besoin de nous que nous d'eux ! Les chanteurs se méfient de ces gens qui ni ne jouent ni n'affrontent directement le public. » Selon une boutade qui circulait dans le métier, pour un chanteur, le metteur en scène est comme un préservatif : avec, c'est bien ; sans, c'est mieux.

Carlotta ne changea rien à ses habitudes. Un jour que le maestro Giulini, contrarié, lui demanda de moins s'enliser dans son récitatif, et que Visconti, le metteur en scène, entreprit de lui enseigner une gestuelle, Carlotta mit les choses au clair :

– N'espérez pas que je vous exécute une danse du ventre, je ne suis pas Mme Callas. Je chanterai, je m'habillerai, je bougerai à ma guise, point final. Sinon, j'annule.

Les deux hommes lâchèrent un soupir exaspéré et l'altercation s'arrêta là. Si cela jetait un froid, Carlotta n'en avait cure, car elle escomptait que le bon sens du public rétablirait l'équilibre.

De fait, le soir de la première, une moitié de l'audience siffla copieusement Maria Callas tandis que l'autre l'applaudissait debout. À Carlotta, qui n'assistait pas à l'événement – elle ne voulait ni écouter ni croiser sa rivale –, les membres de sa claque certifièrent avec jubilation que la représentation avait tangué sous la houle.

– Callas ? Ça ne durera pas ! Vous verrez : bientôt, plus personne n'en parlera...

Le lendemain, nul ne conspua Carlotta Berlumi et elle fut acclamée après chacun de ses airs, pas seulement par sa claque. Un succès. Elle en conclut qu'elle avait gagné.

C'était ne pas tenir compte de la bizarrerie des spectateurs, qui continuaient, une représentation sur deux, à chahuter Maria Callas et à ovationner Carlotta Berlumi, tout en ne commentant que la Grecque. Carlotta en fut décontenancée : on la célébrait, on convenait qu'elle bénéficiait d'un organe superbe dont elle se servait plaisamment, cependant elle n'inspirait pas de sentiments passionnés. D'après son chef de claque, certains préféraient s'acheter une place le soir de Callas afin de la huer plutôt que d'investir cette même somme pour entendre Carlotta. Un échec de Callas suscitait plus d'excitation qu'un triomphe de Berlumi.

Acculée, elle se persuada qu'il s'agissait d'un phénomène de mode, intense parce que éphémère.

– Callas ? Ça ne durera pas ! Vous verrez : bientôt plus personne n'en parlera…

D'un tempérament oisif, indolent, qui l'incitait à oublier, non à ruminer, Carlotta, certaine que Callas se réduisait à une contrariété passagère, n'y pensa plus, d'autant que ses amours se portaient à merveille.

De sa mère et de sa grand-mère, la jeune

femme avait hérité la conviction qu'il ne fallait pas s'encombrer d'un homme puisque, à la longue, ils se révélaient tous volages, nomades, inconséquents, surtout dès qu'un enfant surgissait – elle n'avait jamais rencontré son père. Elle menait donc une vie libre et changeait d'amant comme elle changeait de théâtre, au gré des tournées. S'attachant peu, hermétique au sentimentalisme de ses héroïnes pucciniennes, elle considérait les mâles en gourmande, une bonne *pasta* à consommer. Au moment de la séparation, elle souffrait d'amour-propre davantage que d'amour. Et guère longtemps.

Pendant les représentations de *La Vestale* à Milan, elle avait cédé aux avances de Mateo Dante, un baryton-basse qui musardait en coulisses – au lit, elle adorait les barytons, ils s'y montraient efficaces, contrairement aux ténors qui se comportaient en divas. Mateo Dante ? Une voix de second plan, mais un amant de premier ordre. Sous prétexte que sur scène elle jouait une prêtresse qui avait renoncé au mariage et prononcé un vœu de chasteté, le coquin à l'insatiable appétit sexuel l'appelait ironiquement « ma vierge » quand ses lèvres entreprenaient certaines choses. À deux reprises, en se maquillant dans sa loge, elle avait noté qu'au fond de ses yeux brasillait une lueur lascive, trace des ébats de l'après-midi avec le polisson lubrique, et elle avait gloussé, convaincue que cela ne compromettrait pas son interprétation de Julia, la gardienne du temple.

– Si le public veut une vierge, qu'il aille voir Callas, déclara-t-elle à son reflet. Pas de risque que le vieux Meneghini la fatigue.

Là encore, le comportement de sa collègue excédait son entendement : qu'elle se fût contentée d'un barbon au temps de sa mocheté, d'accord, mais maintenant qu'elle faisait tourner les têtes !

Sitôt que la Scala cessa de programmer l'œuvre de Spontini, Carlotta enchaîna ailleurs avec ses standards habituels, du Verdi, du Puccini. En fonction de ses disponibilités, Mateo Dante la rejoignait, quoique moins empressé. Clairvoyante, elle prévit de s'en détacher, ce qui la contrariait, car elle peinerait à remplacer un amant aussi renversant.

Un dimanche matin, à Modène, alors qu'ils avaient passé la nuit ensemble à l'hôtel, Mateo, obligé de partir à l'aube pour participer à un concert, s'éclipsa sans la déranger, un geste d'autant plus prévenant que la veille, elle avait chanté Marguerite dans le *Faust* de Gounod, un rôle dont le trio final l'épuisait.

Vers midi, quand elle se décida à lever les paupières, elle distingua sur l'édredon un journal ouvert en son milieu. Par réflexe, elle y jeta un œil : deux photos se présentaient côte à côte, celle de Callas et celle d'une autre femme. Carlotta, qui eut l'infortune de ne pas se reconnaître tout de suite, aperçut une charcutière couperosée aux formes pleines dont la face placide n'exprimait rien, tandis qu'une tunique, soulignant un début de ventre, attirait l'attention sur des bras adipeux qu'un ruban boudinait aux biceps. Lorsqu'elle saisit qu'il s'agissait d'elle, c'était trop tard : elle s'était déjà jaugée. En contraste, Maria Callas paraissait diaphane, gracile, dans une robe en voile vaporeux sur laquelle s'épandaient ses interminables cheveux noirs et tristes. Un texte développait crûment ce que démontraient les photos. Carlotta Berlumi représentait le passé lyrique, une ringarde à la musicalité fainéante qui se préoccupait juste d'émettre des sons harmonieux, tandis que Maria Callas réinventait la tragédie chantée en incarnant des personnages frénétiques, en s'impliquant corps et âme. Le journaliste concluait par ces mots : « Berlumi symbolise le confort de la convention, le pot-au-feu, les pantoufles, la vedette provinciale que vous écoutez dans votre fauteuil, les pieds sur la table basse, en piquant un roupillon. »

– Oh la teigne !

Carlotta désigna immédiatement le coupable : Mateo Dante. Il avait déposé exprès l'hebdomadaire ici pour lui signifier qu'il la quittait. La fureur l'envahit. Quel goujat ! Alors qu'elle avait résolu de s'en séparer, ce vicelard l'avait devancée ! Et avec quelle muflerie ! Elle aurait dû demeurer sur ses gardes, deux ou trois choristes de la Scala l'avaient prévenue : « Méfie-toi, Mateo te fera monter au plafond, mais il te fera aussi bouffer la moquette. » De là à imaginer une pareille crasse ! Qui prouvait qu'il n'avait pas falsifié ce journal ? qu'il n'avait pas lui-même truqué ces photos ? Oui, indéniablement, Callas ne pouvait être si aristocratique ni Carlotta si commune ! Le bâtard, le satyre, le monstre ! Elle se vengerait ! Elle bousillerait sa carrière. Enfin, sa carrière, encore faudrait-il qu'il en ait une ! Sa voix restait banale, insipide, identique à cent mille autres. La nature avait desservi l'ambition du baryton-basse en plaçant son meilleur organe beaucoup plus bas.

– Suppôt de Satan !

Elle rit en écumant de rage. L'envie ! Mateo la jalousait, il bavait devant sa voix, il biglait sur sa carrière. Voilà pourquoi elle ne gardait aucun de ses amants. Mieux vaudrait les choisir en dehors de la profession, tiens, comme la Callas, qui avait épousé un… qu'est-ce qu'il fait, ce Meneghini ? Banquier, notaire, commerçant, croque-mort ? Peu importe. Dorénavant, elle batifolerait avec un cordonnier plutôt qu'avec un artiste inévitablement en dessous de son niveau.

Carlotta boucla ses valises puis gagna la gare. Au kiosque, elle acheta le journal que Mateo Dante, le roi des sagouins, avait traficoté pour organiser leur rupture.

Dans le train, elle l'ouvrit. L'article et ses deux photos s'y étalaient, tels qu'elle les avait découverts. Ah, ce malotru ne l'avait pas bricolé... Elle jeta un nouveau coup d'œil à la double page que lui consacrait la gazette, laquelle l'impressionna moins.

– Bah, du papier, rien que du papier... Dans une semaine ça emballe les légumes. Dans un mois c'est détruit, oublié.

Pour ménager sa conscience, Carlotta n'eut aucun mal à se convaincre qu'au fond, elle n'aimait pas du tout *La Vestale*, que Spontini la barbait, qu'elle refuserait désormais cette œuvre et qu'elle allait peut-être entamer un léger régime.

Quelques jours après, elle avait perdu le souvenir de l'incident autant que sa détermination à maigrir. La vie continuait. On l'engageait. On l'applaudissait. On la payait. Elle chantait.

Un dimanche, une explication descendit du ciel. Sur une affiche annonçant Callas dans *Tosca*, elle discerna en petit le nom de Mateo Dante : le baryton-basse interprétait le sacristain, un *comprimario*, comme on dit dans le métier, un rôle de soutien, minuscule, privé de solo. Tout s'éclaircissait : Mateo avait rejoint le camp adverse. La Callas l'avait soudoyé. Serait-ce elle qui, contre la promesse d'un rôle, lui avait suggéré d'humilier ainsi Carlotta Berlumi ? Aussi bien, cette fichue Callas n'avait-elle pas elle-même commandité l'article infâme ? Elle avait le bras long, maintenant, beaucoup plus long que l'ingénue Carlotta ne l'avait soupçonné.

Ce jour-là, Carlotta envisagea pour la première fois l'hypothèse que Maria Callas complotait sa disgrâce.

Les semaines suivantes, ce soupçon la traversa par intermittence, sans s'installer. Afin d'en avoir le cœur net, elle enquêta un peu.

Durant un séjour dans la capitale, elle invita Zaza rue Condotti, au Caffè Greco, lequel n'avait rien de grec, tout de romain. Zaza, une perruquière pas plus haute qu'un prie-Dieu, qui trottinait de théâtre en théâtre, l'oreille aux aguets, la langue bien pendue, racontait les derniers potins en échange d'un café et d'une glace. Carlotta l'appréciait parce que, tout en l'informant, Zaza l'égayait, parfois sans même parler, grâce à sa tête de guenon.

Installées dans une des petites salles aux murs grenat, elles bavardèrent autour d'un guéridon. Carlotta amena la conversation sur la Callas. Mateo Dante était-il devenu son amant au cours de *Tosca* ? Pourtant, il avait dû essayer… Avait-elle pris un amant, des amants, depuis sa métamorphose ? Selon Zaza, la Callas, fidèle au vieux Meneghini, n'avait pas changé d'attitude vis-à-vis des hommes.

– Cependant…

– Oui ?

– En fait, elle marque un intérêt particulier pour une personne. D'après moi, elle est tombée amoureuse. Aucun doute. Suffit de l'observer quand il s'adresse à elle. Elle est vraiment pincée !

– Qui ?

– Un prince.

– Un prince !

– Un prince italien. Luchino Visconti.

Carlotta bondit sur la banquette, qui grinça sous le choc.

– Zaza, tu inventes ça pour me faire plaisir ?

– Pas du tout. Pourquoi ?

Face à la bonne foi de Zaza, Carlotta se tordit de rire. L'habilleuse s'échauffa en vermillonnant.

– Je ne saisis pas ce qu'il y a de drôle.

– Luchino Visconti, tu plaisantes !

– Il est très séduisant. Très riche. Très distingué.

– Et très homosexuel.

Carlotta s'effondra de bonheur sur le velours de la banquette, tant la perspective de Callas courant après un chéri inaccessible la régalait. Zaza gronda :

– Comment oses-tu ? Un monsieur, un vrai monsieur, tout à fait viril, avec une voix grave. Qu'en sais-tu ?

Soudain sérieuse, Carlotta posa ses paumes à plat sur le marbre de la table.

– Je le sens. Lorsque les hommes ne me prêtent aucune attention, j'en conclus qu'ils sont comme ça.

– Comme ça ?

– Pas pour nous.

– Pas pour toi, mais peut-être pour une autre ! Tu ne prétends pas plaire à tous les hommes, tout de même ?

– Je repère l'homme qui me regarde honnêtement et me rend immaculée. J'ai répété *La Vestale* avec ton prince Visconti. Autant te dire que le vœu de chasteté qu'avait prononcé mon personnage ne le dérangeait pas du tout.

– Ingrate ! J'ai vu les photos : il vous a faites si belles, Callas et toi, dans le Spontini.

Carlotta s'empourpra, stupéfaite qu'un cliché d'elle dans *La Vestale* de sinistre mémoire pût inspirer cette réflexion. Elle s'entêta néanmoins :

– Nous embellir, ce n'est pas nous trouver belles. Des couturiers qui magnifient les femmes sans les désirer, tu en as connu, toi. Ils dessinent celle qu'ils souhaiteraient être. Donc, la Callas pourchasse le Visconti ! Quelle farce ! Ne la détrompons surtout pas.

Durant les mois qui suivirent, Carlotta éprouva un doux contentement à ressasser cette nouvelle. Concevoir Callas sexuellement frustrée – un mari hors d'usage, un amant virtuel qui soupirait après les garçons – l'aidait à supporter la rumeur assourdissante qui colportait ses réussites et ses exploits. La cantatrice séduisait maintenant les foules du monde entier – New York, Londres, Vienne, Paris –, elle apparaissait filmée aux actualités, elle obtenait les couvertures des journaux.

– Nom de Dieu, quel impresario a-t-elle embauché ? Qui s'occupe de sa presse ? Quelle manipulatrice !

Non seulement la carrière de Carlotta demeurait italienne, mais elle avait tendance à se rétrécir : la Scala ne l'appelait plus ; des théâtres sans renommée l'engageaient ; la radio la boudait pour les concerts de la RAI ; les compagnies de disques ne lui ouvraient pas leurs studios d'enregistrement alors que le marché du microsillon s'élargissait et que les foyers s'équipaient d'électrophones. Pourtant, dès qu'elle se produisait sur une scène, elle remportait un franc succès, et il ne lui semblait pas qu'elle chantait moins bien. Que se passait-il ?

La terrible hypothèse refit surface : Callas lui barrait le chemin. À la Scala, dont elle faisait désormais les grands soirs, la Grecque, gardant un souvenir cuisant de *La Vestale* et redoutant d'être éclipsée, avait obtenu son bannissement. Dans les salles étrangères – Vienne, Paris, Londres, New York –, elle devait la diffamer auprès des directeurs. Quant aux théâtres prestigieux d'Italie, ceux où Carlotta triomphait auparavant, la Grecque les avait persuadés qu'elle viendrait chez eux à condition qu'ils ne programment pas Carlotta. La situation s'expliquait : Callas empêchait sa rivale de chanter.

Carlotta, qui, de sa vie, n'avait nourri ni obsession ni rancœur et avait spontanément repoussé la réalité d'un tel complot, s'efforça de vérifier son intuition avant d'en discuter avec quiconque. Quand, dans les restaurants d'artistes, elle croisait des ténors ou des barytons qui avaient donné la réplique à son adversaire, elle tendait l'oreille : ils exécraient la Grecque, ils avaient souffert de son professionnalisme maniaque, de sa connivence abusive avec les chefs d'orchestre, de ses cachets disproportionnés qui diminuaient le leur. Au vu de l'engouement médiatique, tous crevaient de rage de s'être agités auprès d'une gomme qui les avait effacés. Carlotta demandait nonchalamment à son collègue :

– Elle t'a parlé de moi ?

Il hésitait, puis répondait :

– Euh… non.

Évidemment ! Pas folle, la guêpe ! Voilà la preuve ! Un oui aurait détonné tandis qu'un non démontrait que Maria Callas ourdissait sa toile au plus profond de l'ombre, ne révélant à personne que Carlotta tenait une place prépondérante dans ses pensées et ses actions.

Un jour de mai 1955, un concours de circonstances conduisit Carlotta à une représentation de la Callas.

Son amant du moment – Alessandro, un professeur de solfège très velu, lequel lui serinait la musique qu'elle ne lisait toujours pas – avait acheté des tickets pour cette soirée où Luchino Visconti mettait en scène *La Traviata*.

Jamais Carlotta n'aurait accepté de l'y suivre si une curiosité viscérale ne l'avait poussée à aller entendre sa rivale. Selon elle, Callas ne possédait ni la voix du premier acte – soprano colorature –, ni celle du deuxième acte – soprano lyrique –, ni celle du dernier – soprano *lirico spinto* –, Carlotta lui accordant tout au plus une filandreuse tessiture de soprano dramatique. Se léchant les babines, elle se para en vue de sa déconfiture.

Elle détesta tout ce qu'elle vit ce soir-là à la Scala. D'abord, elle n'eut pas l'impression d'être assise à l'Opéra, mais au théâtre, voire au cinéma ; le chant avait disparu derrière les personnages, on suivait l'histoire comme un mélo projeté sur un écran dans une salle de quartier. Violetta, vêtue de strass et de satin noir, figurait la gentille et innocente victime, Germont le grand méchant, Alfredo le beau gosse fatal aux femmes. Autour de Carlotta, les spectateurs se passionnaient tant pour l'action qui se déroulait sur les planches qu'ils sortirent leurs mouchoirs dès le deuxième acte, y compris son compagnon. Elle fulminait en silence. Sacrebleu, ce n'est pas ça, l'opéra ! L'opéra, ce sont de belles notes qui jaillissent de beaux gosiers, du plaisir, rien que du plaisir, tels un plat savoureux ou un vin pétillant, pas ce dolorisme, cette atmosphère de drame, cette sentimentalité poisseuse, cet érotisme hystérique. Au lieu d'assister à un agréable divertissement, elle endurait quelque chose de monstrueux, d'une expressivité excessive. Un phénomène insoutenable. Une maladie.

Au dernier acte, Carlotta se détendit, car elle devina ce qui se passerait : la Grecque présomptueuse allait trébucher et le public découvrirait son imposture. Dans cette chambre où Violetta dépérissait, Carlotta percevait que Callas, blême, hagarde, décharnée, n'avait plus de réserves, qu'elle n'arriverait pas au bout du rôle, les deux actes précédents l'ayant exténuée.

Un voile funèbre commençait à recouvrir sa voix. Devant son miroir, Callas déchira plus qu'elle ne chanta l'*Addio del passato*, cet adieu à sa jeunesse envolée ; or le public, dupé par ses dons de comédienne, pensa qu'elle le faisait exprès et l'ovationna. Un regain d'énergie la releva quand Alfredo, son amant, ressurgit et, peu après, elle sombra de nouveau. Carlotta piaffait d'impatience : elle guettait la faute d'intonation, elle anticipait le couac, elle soupçonnait que les cordes vocales menaçaient de se briser, elle sentait en son ventre que Callas manquait de souffle… Toutefois, par une habileté de miraculée, la cantatrice harassée parvint à ramper jusqu'au bout de la scène d'agonie et trouva le moyen de claironner son ultime aigu, cet instant où Violetta meurt en apercevant la lumière. La salope !

Carlotta était consternée. Autour d'elle, la salle se leva comme un seul homme, applaudissant à tout rompre. Son amant hurlait « Bravo ! Bravo ! » sans se soucier d'elle.

Elle ne décoléra pas de la nuit et infligea ses miasmes d'indignation à Alessandro.

– C'est indécent, toxique, ce n'est pas de l'opéra, c'est... c'est... je ne sais pas. Cette dame et moi, nous n'exerçons pas le même métier. Jamais elle ne te laisse dans ton fauteuil écouter tranquillement une mélodie ni attendre un aigu suave, non, elle te défend de te réjouir, elle te jette ses émotions à la tronche, elle t'oblige à croire qu'elle est une putain, puis une victime, puis une mourante, ça n'a aucun rapport avec le bel canto ! Oh quelle migraine ! On ne fréquente pas les salles de spectacle pour souffrir. Moi, quand je chante, ça me rend heureuse. Et les autres aussi, j'espère... Quel poison, cette Callas ! Enfin, *La Traviata*, ce sont de jolis airs que toute la famille adore, pas l'histoire glauque qu'on nous a servie ce soir. Dieu merci, je ne l'interprète pas, sinon je la retirerais aussitôt de mon répertoire : jouer une prostituée qui se traîne au sol en crachant du sang, pitié ! Moi, j'aime le chant, pas le théâtre. Ces personnages, ces trémolos, ces convulsions, ça pue, ça colle, ça me dégoûte. Crois-tu que j'apprécie qu'on me peigne en blanc pour imiter une Japonaise dans *Madame Butterfly* et que le lendemain on me barbouille en noir pour singer la négresse dans *Aïda* ? Je le tolère dans la mesure où ces rôles me permettent de montrer mon contre-*ut* et mon *si* bémol. Surtout mon *si* bémol… Au fond, le meilleur moment de *La Traviata*, c'est le début : le toast. Là, c'est idéal ! On chante parce qu'on se remet d'un bon repas, c'est simple, c'est rond, c'est joyeux. La suite, de toi à moi… Et puis, tu as remarqué sa maigreur, à cette détraquée ? Sûr que c'est pratique pour enfiler les vêtements à la mode ou camper une tuberculeuse… Franchement, tu aurais envie, toi, de coucher avec ce tas d'os… tu aurais envie, sincèrement ? Dis-le-moi ! Hé, Alessandro ! Je te cause !

Comprenant que l'enfer persisterait tant qu'il ne rassurerait pas Carlotta, Alessandro la plaqua contre lui et lui prouva plusieurs fois avant l'aube qu'il ne se délectait que d'une maîtresse plantureuse. Au matin, il lança même la formule préférée de Carlotta :

– Callas ? Ça ne durera pas ! Tu vas voir : bientôt plus personne n'en parlera...

Pourtant, les événements donnèrent tort à cette prédiction : la renommée de Callas se développait, excédant désormais celle d'une chanteuse lyrique, égale à celle d'une star de cinéma dont on commente les robes, les coiffures, les chaussures, les goûts culinaires et les caprices. Sur ce dernier point, Callas se montrait particulièrement habile : elle, qui avait tant désiré plaire, léché les culs et qui préméditait tout, donnait l'impression de se comporter comme une furie spontanée ; elle n'hésitait pas à s'emporter, à imposer ses exigences, à claquer les portes, à insulter les directeurs d'opéra, à engueuler les photographes, à annuler les entrevues avec les journalistes. On appelait cette ombrageuse la Divina, la Diva absolue.

– La menteuse absolue, oui !

La faculté qu'avait Callas de leurrer tout le monde fascinait Carlotta. Les gens se rendraient-ils un jour compte qu'elle les menait en bateau ? Qu'elle ne possédait pas une belle voix, mais un organe pâteux ? Qu'elle était incapable de chanter l'intégralité du répertoire et qu'elle s'y abîmait ? Qu'elle avait créé son personnage d'étoile fantasque à partir d'un complexe d'infériorité, celui d'une boulotte bigleuse ? Qu'elle était une ancienne grosse, pas une mince authentique ? Plutôt que la plus grande cantatrice du XXe siècle, Carlotta repérait en elle la plus grande illusionniste.

Pendant que Maria Callas continuait son ascension, Carlotta Berlumi, elle, poursuivait sa descente et, par conséquent, ne doutait plus que les deux mouvements étaient liés. Si Callas montait en chantant mal et Berlumi chutait en chantant mieux, c'était parce que la Grecque avait verrouillé la situation. Qui, sinon elle, pouvait souffler ceci à un journaliste : « Depuis que la Divina règne sur l'opéra, impossible de supporter une Carlotta Berlumi, d'accepter ces défilés anachroniques de ténors ventripotents et de sopranos dodues qui viennent pousser leur air sur le devant de la scène » ?

Sans révéler ce qu'elle pensait, Carlotta sonda Zaza, qu'elle avait convoquée au Caffè Greco.

– Callas nous nuit.

– Qui, nous ? croassa Zaza.

– Nous, les chanteurs et chanteuses.

– Il est certain qu'elle chope toute la lumière et condamne les autres à l'oubli. En revanche, elle fournit du travail aux habilleuses, les metteurs en scène commandent des costumes inédits pour chaque production.

– Comment expliques-tu qu'une cantatrice comme moi chante moins ?

– Hmmm ?

– Tu as bien entendu, Zaza : je reçois moins d'engagements qu'avant. Moins qu'à mes débuts.

– L'attrait de la nouveauté…

– Quoi ?

– Les jeunes remplacent les moins jeunes.

– Je ne suis pas vieille !

– Tu n'es pas la plus jeune. Il y a toujours plus jeune que soi. Avec le temps, ça empire…

Carlotta se renfrogna. Cette Zaza n'avait pas qu'une face de guenon, elle en avait aussi le cerveau : lui servir ces arguments idiots au lieu de convenir que la Callas l'empêchait de réussir !

Carlotta n'était pas responsable de ses échecs ; non seulement elle savait pertinemment ce qu'elle valait, mais elle était une bonne personne dotée de nombreuses qualités ; d'évidence, ses malheurs découlaient d'une intention maligne, opiniâtre, dissimulée, celle d'un démon qui la persécutait. Si un homme s'éloignait, c'était à cause de Callas. Si on l'engageait peu, c'était à cause de Callas. Si on ne la bissait plus, c'était à cause de Callas. Si elle paraissait enveloppée, c'était à cause de Callas. Callas, partout Callas, dans les Opéras, dans les journaux, dans les téléviseurs, et maintenant dans son esprit.

Alors qu'au départ, c'était elle qui était obsédée par moi, voilà que c'est mon tour…, songeait-elle souvent, atterrée.

Un matin, dans son quotidien préféré, le *Corriere delle Sera*, elle découvrit un article qui assassinait Maria Callas : les coups se succédaient, cruels, justes, précis, dénonçant l'absurdité de la réputation qu'avait acquise la Grecque. Une exécution en bonne et due forme ! Chaque phrase qui anéantissait un peu plus la Callas redonnait vie à Carlotta. En conclusion, le journaliste suppliait ses lecteurs : « Cessez de vous focaliser sur Maria Callas, et courez applaudir les talents qui assurent la relève de l'art lyrique italien » ; suivaient cinq noms, dont celui de Carlotta Berlumi ! Celle-ci relut tant de fois l'article qu'elle finit par le connaître par cœur. Elle se le répétait à loisir. Notant l'identité de l'auteur, elle demanda à ses camarades où habitait ce Lucio Da afin de le remercier. On lui apprit que l'individu, bourru, n'apprécierait peut-être pas sa démarche, mais qu'elle le croiserait à Bologne au café Vittoria, où il avait ses habitudes entre dix-sept heures et dix-neuf heures.

Par bonheur, elle participait à un *Requiem* de Verdi à Bologne la semaine suivante. Elle se pointa au café. À la mention de Lucio Da, le serveur lui désigna un trentenaire efflanqué au pull charbonneux piqueté par les cendres que répandait sa cigarette.

– C'est vous, Lucio Da ?

– Pardon ?

– C'est vous qui avez écrit l'article du *Corriere delle Sera* sur Callas ?

La figure parcourue de tics nerveux, il regarda autour de lui à la recherche d'une échappatoire.

– Merci ! Merci mille fois ! Je suis Carlotta Berlumi.

Il marqua sa surprise. Elle s'exclama, volubile :

– Enfin quelqu'un qui a des oreilles ! Enfin quelqu'un qui ne se laisse pas contaminer par la rumeur ! Enfin quelqu'un qui a du courage ! Enfin quelqu'un qui...

Souhaitant dire « qui a des couilles », elle s'était retenue au dernier moment. Néanmoins, une part de sa pulsion initiale avait dû sourdre, car l'homme lui sourit. Elle persévéra en lui récitant les lazzis dont il avait truffé sa prose :

– « La voix de Callas tremble dans l'aigu aussi largement que le vent balance les fils à linge au-dessus des rues de Naples. »

– Et elle est plus sale que les rues de Naples,

aurais-je voulu ajouter, cependant je ne tiens pas à ce que la mafia me flingue.

Ils rirent ensemble. Il lui proposa de partager son repas.

– Que buvez-vous ? Excusez-moi, j'ai craint que vous ne m'agressiez en raison de cet article, ce qui m'arrive constamment depuis dix jours.

Ils communièrent dans leur aversion pour Callas. Curieux combien la haine rapproche ! Carlotta se sentait en confiance avec cet homme, comme jamais depuis des années.

– Les crétins s'ébaubissent de sa versatilité en déclarant qu'elle est « soprano *assoluta* », reprit-elle, sous prétexte qu'elle chante tout le répertoire féminin. Or c'est faux : elle ne chante pas les morceaux avec une seule voix, mais avec trois voix différentes.

– Exactement ! Trois voix dissemblables sortent de cette bouche : dans l'aigu, une voix de tête argentine et perçante ; dans le médium, une voix rêche au grain usé ; dans le grave, une voix de poitrine atrocement appuyée, presque une voix de femme à barbe.

– C'est une hydre, un monstre, un phénomène de foire.

– Aucun rapport avec le bel canto, rappela-t-il, qui exige un organe sain, poli par l'art, respectant une homogénéité totale de timbre sur l'intégralité de la tessiture.

Elle s'imagina qu'il parlait d'elle et, prise de chaleur, elle s'éventa. Il conclut en tendant son verre :

– Callas ? Ça ne durera pas !

Là, elle perdit tout sens critique ; oubliant l'aspect crapoteux du plumitif, sa barbe de plusieurs jours, ses vêtements tachés, ses ongles peu nets, elle coucha le soir même avec lui.

*

Ce samedi-là, un soleil doré baignait Milan. Carlotta Berlumi, de fort bonne humeur après l'exquis petit déjeuner que lui avait porté sur son lit un pimpant serveur roux, décida d'offrir à Enzo son enregistrement de *Madame Butterfly*.

Elle se rendit dans un commerce climatisé qui vendait des objets culturels, livres, films, CD. À côté d'une profusion d'albums de pop et de variétés internationales, elle aperçut une sélection si pauvre d'œuvres classiques qu'elle ressortit aussitôt.

Lorsqu'Enzo la rejoignit, elle lui demanda s'il connaissait un magasin spécialisé en vraie musique, en bel canto notamment.

Il l'emmena jusqu'à une échoppe située au sein d'une galerie couverte, non loin de la Scala, dont le propriétaire avait placardé la devanture d'affiches d'opéra et de portraits d'interprètes. Amusée, elle se souvint que cette étroite boutique accueillait déjà les lyricomanes à l'époque où elle débutait. Son visage s'éclaira devant la vitrine garnie de noms familiers, Rossini, Donizetti, Bellini,

Bizet, Gounod, Delibes, Wagner, Verdi, Puccini. Au fond, rien n'avait changé et, puisque ni Verdi ni Puccini n'avaient composé d'autres ouvrages depuis leur tombe, elle restait à la page. Comme le baroque l'assommait – les « airs antiques » servent uniquement à s'échauffer la voix pendant les premières années d'études – et qu'elle ignorait dédaigneusement les contemporains – vous appelez ça de la musique, vous ? –, Carlotta comparait les interprétations d'un répertoire limité. Pour elle, l'attrait d'un disque ou d'une représentation se réduisait aux voix qu'elle jugeait.

En poussant la porte, il lui vint à l'esprit que, malgré les décennies, on la reconnaîtrait peut-être ici et qu'elle risquait de se ridiculiser en réclamant des disques d'elle. Aussi se résolut-elle à ruser. Elle s'approcha de la caisse où se tenait la vendeuse, une blonde chevaline dont la dentition saillait en avant.

– Avez-vous des enregistrements de *Madame Butterfly* ?

– Bien sûr, une dizaine.

– Lequel me conseillez-vous ?

– Celui de Callas.

– Callas n'était pas une soprano lyrique, mademoiselle, mais une soprano dramatique. Puccini a destiné *Madame Butterfly* à une soprano lyrique. Donnez-moi une version avec une soprano lyrique.

– Voici : Leontyne Price, Mirella Freni, Victoria de los Ángeles…

Carlotta fixa les gencives écarlates, épaisses, humides, prolongées par des dents démesurées. Répugnée, elle ferma les paupières et s'enquit, d'un ton détaché :

– N'auriez-vous pas plutôt l'enregistrement de Berlumi ?

– De qui ?

Enzo vola à son secours.

– Carlotta Berlumi !

Il avait prononcé ce nom avec toute l'autorité dont il disposait.

La grande tringle aux cheveux jaunes ouvrit son ordinateur, ses doigts parcoururent le clavier à une vitesse effarante, revinrent en arrière, retapèrent fougueusement la même touche... Carlotta déniait la moindre valeur à cette gesticulation.

– Non, conclut l'employée en relevant la tête, ça n'existe pas.

– Si, mademoiselle, ça existe. Cela date de 1952.

– 1952 ? Laissez-moi consulter mes catalogues de vieilles cires.

Carlotta n'apprécia guère d'être traitée de vieille cire, cependant elle se tut, car seul le résultat comptait. Du reste, elle ne discuterait pas avec une jument qui infligeait à l'univers le spectacle de gencives enflammées équipées d'incisives mal plantées.

En se penchant, Enzo ajouta aimablement :

– Pendant que vous cherchez, mademoiselle, profitez-en pour me fournir ce que vous avez de

Carlotta Berlumi. Récital, opéra, peu importe, tout ce qui est disponible.

Carlotta frémit, consciente que sa carrière discographique se limitait à deux ou trois enregistrements pirates pâtissant d'orchestres navrants.

Après avoir compulsé des livrets, une boîte de fiches, de nouveaux livrets, la vendeuse referma son dernier catalogue.

– Désolée. Rien sur cette artiste. Aucune réédition. Qui était-ce ?

Enzo sursauta, outré.

– La rivale de Maria Callas !

– Ah bon ? répliqua-t-elle.

– Il faut changer de métier, mademoiselle, trompeta Carlotta.

La jeune femme tressauta sous l'insulte.

– On ne peut pas tout savoir.

– De là à ne rien savoir !

Penaude, la vendeuse s'empara d'un gros volume derrière son bureau.

– Je prends mon Lucio Da.

– Votre quoi ? s'exclama Carlotta.

– Mon Lucio Da ! Le dictionnaire des chanteurs et des chanteuses, la bible de l'art lyrique.

Un frisson glacial ratissa le dos de Carlotta tandis que l'employée inspectait plusieurs fois la page à la lettre *b*. Enzo dévisagea la cantatrice :

– N'avez-vous jamais rencontré Lucio Da, l'éminent critique de l'après-guerre ? Son livre fait référence. Il est mort il y a trois ans.

– Ah oui ? Tant mieux, tant mieux…

Enzo ne détermina pas si le « tant mieux » ponctuait la réussite ou le décès de Lucio Da.

La vendeuse annonça, victorieuse :

– Carlotta Berlumi… Personne à ce nom.

– Quoi ? murmura Enzo. Alors regardez à Maria Callas, Lucio Da doit la mentionner là.

– Je n'ai pas le temps, il y a quarante pages sur Maria Callas !

Carlotta saisit le bras d'Enzo.

– Partons !

Elle inclina la tête devant la jeune femme, lui adressa un sourire affable et lui lança depuis le seuil :

– Au revoir et merci, mademoiselle Gingivite.

*

À Bologne, après une nuit en compagnie de Lucio Da, Carlotta l'avait complimenté sur ses qualités d'amant, puis avait gagné sa répétition du *Requiem* en exultant. Tu vas voir, Maria Callas, le destin s'inverse. C'est moi qui dorénavant soufflerai à la presse et aux médias que dire te concernant, tu vivras un enfer. Dans cette bataille, Lucio Da lui paraissait une prise majeure : il l'admirait en vomissant la Grecque, ce qui excusait quelques imperfections, dont sa maladresse au lit. De toute façon, pour lutter contre Callas et récupérer sa place, Carlotta s'estimait prête à des concessions.

Quand ils se rejoignirent le soir, elle tenta d'apprendre où le journaliste l'avait entendue chanter puisqu'il n'avait pas tari d'éloges à son égard. Comme s'il s'agissait d'un jeu, il affichait des mines énigmatiques. Chaque fois qu'elle suggérait un lieu et une œuvre, il répondait en plissant les paupières, évasif : « Peut-être… »

– Viendras-tu après-demain à la basilique pour le *Requiem* ?

– Oh, les requiems me dépriment.

– Quand même ! Il y a Verdi. Et moi.

Il sourit.

– Cela m'avait échappé : il y a Verdi et toi.

Ils passèrent encore une nuit ensemble, toujours loupée selon les critères de Carlotta, mais elle bâillonna la part d'elle-même qui songeait cela. La carrière d'abord !

Le lendemain, rentrant plus tôt que prévu de sa répétition à la basilique San Petronio, elle se dirigea vers la table à laquelle Lucio Da s'installait quotidiennement. Ne le voyant pas, elle descendit se repoudrer aux toilettes du sous-sol. Près de la cabine téléphonique, elle perçut une voix familière. De dos, concentré sur sa conversation, Lucio Da se justifiait :

– Je suis ravi d'avoir publié cet article. Certains m'insultent, d'autres me remercient. Résultat ? Tout le monde en parle. Ce que je pense vraiment ? Pourquoi dire ce que je pense vraiment ? Je veux qu'on parle de moi, rien d'autre. Pour ça, Callas constitue une locomotive de luxe… Évidemment que c'est une chanteuse hors du commun… Évidemment que c'est la meilleure… Quoi ? Les gens que je cite à la fin ? Pas la moindre idée… Je ne les ai jamais entendus, j'ai récolté les avis de quelques papis. Bien sûr, une provocation essentiellement… Amusant, parce que j'ai justement été contacté par l'une d'entre eux, Carlotta Berlumi, qui est persuadée que je l'adore. Comment ça ? Oui, mon vieux… Tu avais deviné ? Ah, tu me connais… Si si ! Un très bon coup, crois-moi. Une piètre chanteuse possiblement… mais un très bon coup.

Ne pouvant en supporter davantage, Carlotta remonta l'escalier, s'enfuit, changea d'hôtel, s'enferma dans une chambre. Là, elle prit douche sur douche en pleurant, sans établir qui, en elle, subissait l'humiliation la plus amère, la chanteuse méprisée ou l'amante qui s'était offerte à un rustre.

Lucio Da se présenta-t-il cette nuit-là à sa précédente adresse ? En tout cas, il ne se manifesta pas au concert de San Petronio et elle ne le revit plus.

À l'issue de cet épisode, tout devint limpide dans l'esprit de Carlotta : chaque événement négatif n'avait qu'une cause, Maria Callas. Son destin se dotait d'une forme aussi horrible que rassurante, horrible parce qu'on affronte rarement sur terre une ennemie de cette détermination, rassurante car l'existence avait acquis une lisibilité extraordinaire. Carlotta savait expliquer ses ennuis ou ses échecs, elle avait trouvé son bouc émissaire. Si Callas avait été l'autre nom de « juif », Carlotta aurait été fanatiquement antisémite.

Elle en vint même à rechercher les localités où la Grecque n'aurait pas l'idée d'étendre sa puissante main, les salles des fêtes, les opéras reculés, les salons de bourgeois se piquant d'art qui possédaient un piano à queue. Plus elle exerçait son métier dans des endroits retirés, souvent mal équipés, parfois minables, plus elle jubilait d'avoir échappé à son adversaire. Là, elle ne me mettra pas des bâtons dans les roues, elle n'interdira pas aux gens de m'applaudir ; j'existe et je lui résiste. Sa dégringolade de théâtres peu renommés en lieux obscurs se transformait en une sorte de victoire.

Quant aux hommes, elle décida de s'y attacher moins, ce qui lui permit de coucher davantage. Elle les attirait et les rejetait, fermée aux sentiments qu'elle aurait éventuellement développés à leur égard, craignant que si l'un d'eux gagnait une place dans sa vie, Callas parvînt à le lui arracher.

Désormais, quoiqu'elle s'en cachât, elle éprouvait une inlassable curiosité à l'égard de la Grecque ; elle n'omettait ni de lire les journaux, ni de suivre les actualités, ni d'écouter ses prestations enregistrées ; elle allait jusqu'à se procurer ses vinyles, munie de lunettes noires et couverte d'un chapeau à large bord. Scrutant les faiblesses de sa rivale, elle épiait l'amorce de sa décadence, attendait le moment où tous ouvriraient enfin les oreilles, valideraient son diagnostic et proclameraient la fin de son règne. Carlotta ne s'était pas trompée lorsqu'elle avait repéré que la gorge de la Grecque souffrait d'un vibrato incontrôlé qui donnait, sur certaines notes tenues longtemps, l'impression qu'elle trillait ; les performances s'accumulant, elle se confrontait à des difficultés d'émission et ses défauts devenaient si flagrants que l'heure de la vengeance approchait.

Lors des dîners, Carlotta ne ratait pas une occasion d'étriller son ennemie.

– Je suis tombée par hasard sur un de ses concerts à la radio : pathétique ! Un vibrato hallucinant. En poussant trop et en ouvrant grand la mâchoire, elle ne réussit plus à maîtriser le son. La musculature de grosse dont elle se servait, elle l'a perdue avec sa graisse ; elle ne soutient plus son diaphragme.

Cependant les gens, même professionnels, continuaient de se conduire en moutons, ils bêlaient « Bravo » et battaient des sabots. Quelle pitié !

Elle séjournait à Rome quand on annonça que la Callas se produirait prochainement dans *Norma*, à l'Opéra. L'article du quotidien vantait déjà cette représentation, l'imaginant conforme à ce dont rêvait Bellini, le compositeur, qui avait écrit en 1834 : « Un opéra doit faire couler les larmes, causer de l'horreur et amener la mort grâce au chant. » Cette phrase déclencha un cataclysme dans le cerveau de Carlotta. Amener la mort grâce au chant ? Qu'à cela ne tienne ! Elle irait au spectacle où il se passerait quelque chose. Quoi ? Elle l'ignorait, mais elle le pressentait.

Pendant des semaines, dans l'appartement du Trastevere qu'elle louait, elle s'adonna aux pratiques magiques du mauvais sort selon les formules de sa grand-mère. D'abord le rituel de la glaciation : elle traça à l'encre de Chine le nom de Maria Callas sur un papier blanc, déposa ce dernier au fond d'un bac rempli d'eau qu'elle fourra à l'intérieur du congélateur ; ainsi arriverait-elle à refroidir la présence de Callas et à geler son pouvoir de nuisance. Puis elle mit à contribution la classique poupée de son : après avoir marqué les initiales de la chanteuse au charbon, lui avoir brodé une grosse bouche et cousu un chignon en laine épaisse, elle lui planta une épingle au centre de la gorge, l'enferma au creux d'un bocal à malédictions, dissimula l'ensemble dans le coin le plus ténébreux de la maison, un placard à balais, derrière les flacons de nettoyant.

L'exploitation de *Norma* débutait par une soirée exceptionnelle, retransmise à la radio, à laquelle étaient conviés des notables, des vedettes, des personnalités politiques. Avec l'aide de Zaza, Carlotta repéra le département administratif chargé des invitations à la première – seuls les clients des étages achetaient des billets –, se glissa assez facilement dans le lit du secrétaire affecté à cette distribution et obtint un strapontin au rang un, sur le côté droit, devant les timbales, une place que les m'as-tu-vu détestaient et qui lui convenait : elle observerait la Callas au plus près.

Le 2 janvier 1958, tout ce que l'Italie comptait de chic et de mondain se pressa donc à l'Opéra de Rome. Le président de la République italienne, les familles du Gotha, les milliardaires, les capitaines d'industrie, les artistes, les stars de cinéma telles Anna Magnani ou Gina Lollobrigida affriolaient les flashs avant que le rideau ne se lève sur l'étoile suprême, la Divina, Maria Callas.

Norma commença. Dans un décor de clairière au milieu de la forêt druidique, Franco Corelli, véritable athlète d'une virilité impérieuse, un ténor très loin des traditionnels petits pots courts et gras, exhiba, lors de l'air de Pollione, une voix aussi forte et mâle que ses cuisses, ce qui lui valut un tonnerre d'applaudissements. Il ne constituait néanmoins qu'un hors-d'œuvre : l'assistance guettait l'apparition de la Callas. Elle entra, vêtue en prêtresse, svelte, élégante, radieuse, un rameau de gui à la main. Le temps se suspendit. Même le silence changea de densité.

Elle parla en musique. Les mots étaient

vécus, ressentis, délivrés à partir d'une émotion qui n'appartenait pas à la chanteuse, mais au personnage, une femme majestueuse, digne, qui troublait les spectateurs depuis qu'ils savaient que cette Norma n'était plus aimée par son mari Pollione, ce dernier ayant dans son dos clamé sa passion pour une autre. La situation désarma Carlotta : préparée à snober sa concurrente, elle se trouvait en face d'une prêtresse gauloise qui provoquait sa compassion. Puis la prêtresse entama la prière à la lune, *Casta Diva*, qui déployait sa mélodie sinueuse, l'air noble et langoureux que redoutent tant les sopranos, que Callas semblait simplement murmurer, songeuse, liant les notes avec une souplesse et une ductilité inouïes. Quoique d'une rigoureuse exactitude, elle donnait l'impression d'improviser.

Carlotta se sentait de plus en plus mal à l'aise. Le chant de Callas était beau. Insoutenablement beau. Plastique, mobile, infléchi, il désespérait et consolait en même temps. Tout en stimulant, il apaisait, car il incarnait la vie dans son intensité et sa vulnérabilité. La voix de Callas, à la fois puissante et meurtrie, associait la force et la fragilité humaines. Quel contraste entre la noirceur du son et la clarté de la ligne ! Cette tension créait un miracle captivant.

Carlotta comprenait que ce qui lui déplaisait en Callas pouvait également la fasciner : c'était une voix imparfaite qui rêvait à d'autres voix. Ici, elle se serait voulue liquide, là sensuelle, là tiède, là duveteuse, là céleste, là onctueuse, là flûtée, là héroïque. Cette voix rauque charriait en elle mille voix, qu'elle n'imitait pas, qu'elle ne contrefaisait pas, mais qu'elle suggérait par d'infimes modifications de couleur. Dans ce timbre mélancolique, l'opulence naissait de regrets caressés, surtout le regret de ne pas être simple, cristalline, moelleuse. Une nostalgie lucide le parait d'ambre, des songes y virevoltaient.

Carlotta succombait à la séduction de Callas lorsqu'un événement la tira de sa transe. Des huées descendirent des galeries. Pour un détail dérisoire, des hommes et des femmes conspuaient grossièrement la cantatrice.

D'emblée choquée par cette réaction, Carlotta pivota, indignée. De même, Callas reçut ces cris comme un coup de poing et lança un regard courroucé au paradis. Au lieu de neutraliser les perturbateurs, cette attitude les encouragea ; dès que c'était possible, leurs critiques fusaient. La majorité des spectateurs tentèrent de réduire les grincheux au silence et entreprirent à chaque occasion de claquer des mains, de hurler des hourras.

Carlotta hésita. Un réflexe l'avait mise du côté de sa collègue. Or l'insistance des trouble-fêtes la fit se ressaisir : elle se souvint qu'elle abominait celle qui lui avait pourri la vie et, électrisée par les turbulences, elle jouit du martyre de sa rivale.

Arrachée à son rôle, la Grecque avait cessé d'être Norma, elle redevint Maria Callas, la diva la plus célèbre et la plus controversée de l'univers. Callas chantait désormais, non plus la prêtresse.

Du coup, Carlotta redevint Carlotta.

Callas combattait bien. Véhémente, elle termina l'acte avec aplomb. Au dernier accord, l'enthousiasme du public atteignit des sommets, elle avait remporté la partie.

Conformément à la coutume, les solistes vinrent saluer devant le rideau dont un technicien écartait un pan. Maria Callas se présenta au bras de Franco Corelli. « Vivat ! Hourra ! Brava ! » Les cris d'admiration éclataient, pulvérisant les bordées de huées et de sifflets. La Divina s'inclinait, arborant un sourire étincelant face à la salle debout.

Soudain son visage se figea, ses yeux s'écarquillèrent : au premier rang, du côté cour, elle avait aperçu Carlotta, laquelle ne l'ovationnait pas, les bras croisés, Carlotta, l'unique membre du parterre resté assis, qui la toisait, farouche, haineuse, brûlante.

Callas frémit, se décomposa, vira sur ses cothurnes et fila derrière le rideau. Malgré les rappels persistants de l'auditoire qui tenait à l'acclamer encore, elle ne réapparaissait pas.

Carlotta souffla à ses voisins qui trépignaient en s'égosillant :

– Ne vous fatiguez pas. Elle ne reviendra plus.

– Pardon ?

Carlotta se redressa. Arrivée au foyer, elle saisit une coupe de champagne et vit la fine fleur de l'élite venir progressivement se restaurer, discuter de la représentation. Personne ne lui adressait la parole, nul ne se souvenait d'elle. Peu lui importait ! Elle se situait au-delà de l'humiliation, car elle savait ce que les autres ignoraient : Callas ne rechanterait pas ce soir.

L'entracte s'éternisait.

On s'étonnait que la sonnerie ne tintât pas. On s'en plaignit. Peu à peu, ayant épuisé les sujets de conversation, les gens revinrent d'eux-mêmes à leur place. La soirée lambinait. Ils s'impatientaient.

Un homme au front livide se pointa à l'avant-scène, au-dessus de la fosse, et déclara que pour une raison de force majeure, la représentation était interrompue.

Les protestations jaillirent. On l'apostropha. Il déguerpit. Déjà, le bruit courait de rangée en rangée que Callas, réfugiée dans sa loge, se prétendait aphone et refusait de retourner sur scène. Voilà la coupable !

On exfiltra d'urgence le président de la République, tandis que les invités se retiraient en maugréant et que les payants crachaient leur animosité, massés à la sortie des artistes, déterminés à attendre la Grecque afin de l'insulter. Flottait dans l'air frais une atmosphère de lynchage.

Comblée, Carlotta rentra chez elle – l'esclandre n'aurait pas lieu puisque Callas pourrait rejoindre l'hôtel Quirinale par un moyen d'accès souterrain, direct, secret, connu des seuls chanteurs. Elle s'allongea, saoulée de souvenirs féeriques, les sifflements, les cris de haine, les bouffées de violence, et surtout ce regard, ce regard qu'elles avaient échangé, ce regard qui inversait les forces en présence, ce regard narquois que Carlotta avait décoché à sa rivale : « Tu as souhaité ma mort ? Maintenant, c'est ton tour, voici la tienne ! » Mentalement, elle remercia une ultime fois sa grand-mère pour l'efficacité de ses maléfices.

Cette nuit-là, elle dormit du sommeil du juste, qui, dans son cas, se révélait plutôt celui de la vengeresse repue.

En une traînée de poudre, l'incident prit une dimension nationale – Maria Callas avait osé renvoyer chez lui le président de la République qui l'avait nommée commandeur de l'Ordre de la République la semaine précédente ! –, puis internationale. Jusqu'en Amérique les quotidiens, les magazines et les télévisions propagèrent le scandale, car, si personne ne se souvenait du nom du président, Giovanni Gronchi, nul n'ignorait celui de Maria Callas.

À Rome, une foule stationnait devant l'hôtel Quirinale pour la siffler, les graffitis venimeux proliféraient sur les murs, les ragots insultants allaient bon train : cette arrogante Maria Callas n'avait pas toléré le succès du ténor Franco Corelli, la vaniteuse ne supportait plus la critique et n'aspirait qu'à des applaudissements et à des éloges sans fin.

Une autre cantatrice, Anita Cerquetti, chanta les représentations suivantes de *Norma*. Carlotta aurait voulu saisir l'occasion qui s'offrait de remplacer sa rivale, mais hélas, elle avait bêtement négligé d'apprendre ce rôle ; le *cantabile* de Bellini, agile, contraignant en souffle et en ornements, exigeait plus de travail que Verdi ou

Puccini, d'autant qu'il exposait la voix quasi nue sur un orchestre ténu ; indiscutablement, cette lacune dans son répertoire provenait de Callas, pas de sa propre paresse : elle n'avait pas pu consacrer du temps au bel canto romantique parce qu'elle avait dû interpréter les héroïnes qu'on lui réclamait pour gagner sa vie – elle ne s'était pas maquée avec un barbon plein aux as, elle !

Au bout d'une semaine, on vit Maria Callas et son Meneghini de mari sortir de l'hôtel Quirinale. Entourés d'un service d'ordre musclé, ils quittèrent la Péninsule en avion.

Carlotta avait dégusté chaque instant de ce fiasco. Cependant, une fois Callas envolée, elle constata que son quotidien n'était pas pour autant transformé. Durant des mois, sa carrière suivit le même rythme mollasson, elle n'était jamais engagée par de grands théâtres et, en dépit des applaudissements, malgré les *bis* parfois, on ne parlait pas d'elle. Elle accomplissait sa tâche aussi anonymement qu'une boulangère s'acquitte de son travail. Callas, tel Attila brûlant tout sur son passage, l'avait discréditée.

Lorsqu'elle entendit que Renata Tebaldi, lassée de jouer les concurrentes et d'être sempiternellement comparée à Maria Callas, s'exilait en Amérique du Nord, Carlotta s'empara de cette idée : elle partirait en Amérique du Sud. Pourquoi ? D'abord elle laissait volontiers les États-Unis à la Tebaldi, refusant de s'épuiser en rivalités incessantes avec, qui plus est, une chanteuse dépourvue de contre-*ut*. Ensuite, elle avait reçu une vague demande de l'Opéra de Mexico – Mexico ou Chihuahua ? Enfin, elle avait eu un amant torride, un industriel bolivien en transit, qui l'avait tellement tourneboulée au lit qu'elle soupçonnait les machos latinos de détenir des attributs qui méritaient le déplacement.

Elle vécut avec plaisir en Argentine. Un impresario empestant le cigare lui dégotait des contrats, son gosier lui procurait une existence décente et on lui rapportait régulièrement que sa rivale chutait. Callas avait rencontré le milliardaire Aristote Onassis, divorcé de Meneghini, et, éperdument amoureuse, elle consacrait de moins en moins de temps à sa carrière, laquelle déclinait à la vitesse de la lumière ; à trente-cinq ans, l'âge où elle aurait dû atteindre le sommet, elle butait contre son organe rebelle, elle annulait des représentations, chantait fort peu, ne se risquant plus qu'à deux rôles, Norma et Tosca. À part une poignée d'aficionados irréductibles, les journalistes, les critiques et le public dénonçaient désormais ce que Carlotta avait décelé dès le départ : des registres mal unifiés, un timbre brumeux sinon lugubre, des aigus métalliques, un vibrato envahissant. On ne glosait plus sur l'art de Callas, mais sur sa décadence vocale. Elle chanta à Paris en 1964 une dernière fois *Norma*, en omettant des notes et en savonnant les vocalises ; au bout du second acte, elle tomba, comateuse. Elle s'aventura encore à une *Tosca* à Londres puis se retira, à quarante-deux ans.

– J'avais prévenu que ses défaillances techniques l'éjecteraient du métier. À force de prendre sa voix pour un ascenseur, elle a fini dans l'escalier !

En plus d'avoir eu raison avant tout le monde, Carlotta savourait sa revanche en interprétant les mêmes rôles qu'à ses débuts, elle ! Certes, elle se produisait dans des salles de second ordre sur un continent modérément mélomane, pourtant on la louait et on l'applaudissait ! Carlotta Berlumi, ainsi qu'elle l'avait annoncé, avait su préserver ses cordes vocales et elle chanta donc loyalement les jeunes filles énamourées au-delà de ses soixante ans...

Maria Callas, après s'être cloîtrée dans son appartement parisien, découvrit par les médias que son amant, Onassis, l'abandonnait pour se marier avec Jackie Kennedy, la veuve du président assassiné. Il ne lui resta que l'accablement, les larmes, la solitude, l'amertume. Elle avait cinquante-trois ans lorsque son cœur s'arrêta.

Ce jour-là, Carlotta agita des pensées contradictoires. D'un côté, elle soupirait d'aise à l'idée qu'elle et la Terre étaient débarrassées de cette imposture ; de l'autre, elle éprouvait un brin de compassion envers la délaissée à la voix fêlée qui avait agonisé seule, sans amour, derrière ses rideaux de l'avenue Georges-Mandel, à l'instar de Violetta dans *La Traviata* qu'elle avait incarnée – cette pitié inattendue découlait sans doute du fait que Carlotta, à ce moment-là, se séparait de manière coûteuse de son mari, l'impresario qu'elle avait épousé par distraction.

Elle se livra à des adieux progressifs. Ce qui l'obligeait à décrocher, ce n'était pas la voix – solide, quoique devenue un poil raide –, c'étaient les jambes. Ses cuisses et ses chevilles retenant l'eau, la cantatrice peinait à se tenir debout durant tout un spectacle ; et comme son répertoire ne comportait pas de jeunes premières assises…

Elle prit sa retraite scénique et guigna un poste d'enseignement à Río Cuarto, où s'ouvrait un conservatoire. Là, par crainte de l'avenir, elle s'unit à Diego Gonzalez, un garagiste fou d'elle, ni attirant ni distingué, mais pourvu d'argent et de gros besoins sexuels, ce qui rassurait Carlotta quant à son âge et à sa séduction. « Chacun son Onassis », lâchait-elle souvent en souriant.

Au conservatoire, à la minute où un apprenti ténor mentionna la Callas, elle lui rabattit le caquet.

– L'avez-vous entendue chanter ?

– Les disques…

– Taisez-vous. Ne cédez pas aux sirènes mercantiles. Les compagnies de disques essaient de vous persuader que leurs vedettes surclassent les autres. Callas ! Une pétoire hideuse, rien d'autre.

– Je vous concède qu'il y a eu des voix plus

crémeuses. En revanche la Callas possédait la plus longue.

– Faux !

– Quoi ? Trois octaves !

– Beaucoup de cantatrices ont une étendue équivalente. Cependant elles décident intelligemment de n'aborder la scène que dans leur tessiture, c'est-à-dire les notes qui les fatiguent le moins. De cette manière, elles chantent plusieurs décennies. Callas voulait tout, elle a dédaigné de choisir : une attitude suicidaire. Et ça vous épate ! Vous prononcez l'apologie d'une terroriste qui s'immole avec ses bombes. Oui, elle a tout chanté, et, parce qu'elle a tout chanté, elle n'a pas chanté longtemps.

– Peu importe : mieux vaut chanter dix ans comme elle que trente ans comme les autres !

Carlotta renvoya aussitôt cet élève de son cours et s'opposa obstinément à sa réintégration, au mépris de ses qualités. Dès lors, la rumeur se répandit parmi les étudiants qu'il était préférable de ne pas prononcer le nom de Maria Callas quand on travaillait dans la classe de Carlotta Berlumi. De ce silence, elle déduisit que les générations récentes avaient tiré une croix sur les enregistrements de la Grecque infernale. Callas ? Je vous l'avais bien dit. Un jour, plus personne n'en parlerait.

Diego Gonzalez fut emporté par une crise cardiaque pendant leurs ébats amoureux, ce qu'elle jugea indélicat et peu romantique. À la suite de cet épisode désagréable, elle s'accrocha davantage à sa carrière au conservatoire, non pour l'argent, car elle avait hérité de la fortune de Diego, mais pour exercer son autorité. Quel genre de professeure était-elle ? Le directeur l'avait résumé en une phrase : « Plus maquignon qu'enseignante, elle repère le bon cheval. » De temps en temps, elle se demandait pourquoi ses élèves, à l'exception de deux sopranos en trois décennies, ne réussissaient ni à intégrer une troupe d'opéra ni à entrer dans un conservatoire supérieur ; elle bottait en touche, arguant que les gosiers haut de gamme ne naissaient pas à Río Cuarto ; jamais elle ne remettait en question sa pédagogie. Carlotta avait bénéficié d'un don, une voix naturelle, et, ignorant au fond comment elle avait acquis ce talent, elle n'avait pas grand-chose à transmettre. On enseigne aux autres ce que l'on a soi-même appris.

En août, le conservatoire la contraignit au départ – malgré ses papiers falsifiés, elle avait franchi les quatre-vingt-dix ans. Elle se rendit en Italie, désireuse de rattraper des sensations anciennes.

Bien qu'elle ne connût plus personne, elle se plaisait à baigner dans sa langue natale. Quant à la perspective de sa fin, elle y songerait plus tard, sitôt qu'elle en aurait le temps, et surtout au moment où il serait temps. Survivant à Callas depuis ses cinquante-trois ans, elle en venait presque à s'imaginer immortelle…

*

– Allô, grand-père ?

– Bonjour, mon garçon. Figure-toi que je n'ai pas cessé de repenser à ta rencontre avec Carlotta Berlumi.

– Nous nous voyons tous les jours au café Beccari pour le thé.

– Incroyable !

– Quelque chose m'échappe... Je ne trouve d'elle aucune trace discographique, elle n'est même pas répertoriée dans le dictionnaire de Lucio Da.

– Lucio Da ? Un crétin sentencieux !

– Sans toi, je n'aurais jamais entendu son nom. Grand-père, comment a-t-on pu à ce point l'oublier ? Tu m'as dit toi-même qu'elle n'était pas seulement la rivale de la Callas, qu'elle la dépassait.

– Mmm... J'ai dit ça, moi ?

– Tu ne m'en aurais pas parlé, je serais convaincu qu'elle est une chimère.

– Carla Berlumi, une chimère ? Pas son genre. Quelle femme, non mais quelle femme !

– Raconte-m'en plus…

– Je… ah, pas de chance, ta grand-mère m'appelle, elle ne supporte pas que je bavarde au téléphone avec toi. De la jalousie peut-être ? Au revoir, mon garçon, à très vite.

*

Une des grandes humiliations de la vieillesse pour une Vénus, c'est que son cercle d'admirateurs se réduit. Au-delà de soixante ans, elle ne demeure femme qu'aux yeux des homosexuels, les hétérosexuels n'y voyant plus qu'une ruine.

Voilà ce que Carlotta s'avouait, chaque après-midi, lorsqu'Enzo prenait le thé en sa compagnie. Elle ne savait que penser du jouvenceau, sinon qu'elle ne l'aurait pas choisi comme amant autrefois ; cependant son empressement, sa politesse, sa galanterie attentive constituaient un hommage bienvenu à sa féminité.

Carlotta n'avait jamais saisi pourquoi une partie substantielle du public masculin goûtant l'art lyrique adorait les divas sans désirer les femmes. Elle avait toléré cet état de fait par nécessité professionnelle : on ne mord pas la main qui nous nourrit, rappelait-elle à ses deux maris dès qu'ils critiquaient les « tafioles ». La question surgit de ses lèvres cet après-midi-là :

– Pourquoi les gays aiment-ils tant entendre les femmes et si peu les toucher ?

Cela ne déstabilisa pas Enzo, car il y réfléchissait depuis quelque temps.

– Une femme qui chante envoie son corps dans la salle, un corps sonore, un corps lyrique, un corps séduisant, enchanteur, dont le public profite. Il est sexué, sexuel, mais pas trop : il se donne généreusement, sans forcer celui qui l'écoute à s'impliquer. Je peux m'amouracher d'une voix impunément. Si cela devenait plus concret...

– Et quand un homme chante ?

– Je ne raffole pas des chanteurs.

– Quoi ? Même les ténors ?

– Particulièrement les ténors. Devant Domingo, Pavarotti, je me sens humilié. Ils ne doutent pas de leur virilité, elle transpire à chaque instant, ça m'impressionne, ça me fascine, ça me repousse.

– Moi, j'étais capable de coucher avec un homme rien que pour sa voix. Quitte à être déçue après, bien sûr.

Ce que n'ajouta pas Carlotta, c'est qu'elle avait fricoté pour des raisons si nombreuses qu'elle échouait à se remémorer tous ses amants. À plusieurs reprises ces dernières années, quand elle avait tenté d'en dresser une liste, elle s'était égarée dans ses souvenirs et s'y était finalement réchauffée en abandonnant son décompte.

– Cette milanaise m'émerveille ! s'écria Enzo en attaquant son entremets vanillé.

– Tout à fait. La juste pointe de rhum. Une caramélisation idéale.

Ici, les douceurs se révélaient succulentes, un point essentiel pour Carlotta qui, l'âge venant, se délectait de sucre. L'exubérant café Beccari ressemblait à un jardin d'hiver, tant les plantes vertes jaillissant des pots, dédoublées par les miroirs aux murs, créaient la luxuriance d'une jungle en serre.

Enzo consulta son téléphone qui clignotait. Il s'exclama, enjoué :

– J'ai une nouvelle d'enfer. En parlant de vous, d'ami en ami, je suis remonté jusqu'au docteur Grimaldi. Il nous rejoint.

Carlotta, intriguée par son émoi, lui demanda qui était le docteur Grimaldi.

– Le Lucio Da d'aujourd'hui.

– Ah…

Carlotta tenta de cacher son déplaisir. Depuis

des décennies, son cerveau vouait Lucio Da aux gémonies, et davantage encore depuis qu'elle venait de découvrir que, pour se venger d'elle, cet écrivailleur suborné par la Callas l'avait exclue de son dictionnaire lyrique.

Enzo se leva et, frémissant d'émotion, accueillit le docteur Grimaldi, un homme de haute taille, aux traits sculptés et aux sourcils lissés, dont le crâne admirablement glabre luisait sous les lustres du salon. Il exécuta un baisemain empressé, ce que Carlotta apprécia, puis il broda sur le privilège qu'il avait de la rencontrer.

Ravie de cet encensement inopiné, Carlotta s'efforça de se montrer charmante.

– Chère madame, à mon grand regret, je ne peux demeurer avec vous, je ne passe qu'en coup de vent.

Carlotta rit : qu'un chauve utilise l'expression « passer en coup de vent » l'amusait. Il s'inclina vers elle, viril, chaleureux, enveloppant.

– J'ai une requête à formuler. Si vous acceptiez, vous me feriez un immense, vraiment un immense honneur, une joie dont, je l'avoue, je me remettrais difficilement. Au cas où elle ne vous intéresserait pas, renvoyez-moi ma proposition à la figure, je le comprendrais.

– Monsieur, je serais ravie de vous agréer.

Elle mentait d'autant moins qu'elle estimait que ses sourcils nets, francs, d'un tracé parfait, avaient de l'allure au-dessus de son nez aux ailes découpées.

– Alors je m'enhardis : je souhaiterais ardemment, chère Carlotta Berlumi, que vous participiez au prochain jury qui décernera le prix Callas.

Carlotta se carra dans son fauteuil et marmonna d'un timbre râpeux :

– Le prix Callas ?

Enzo, conscient de la bévue commise par le docteur Grimaldi, déclara d'un ton désinvolte :

– Je ne vous l'avais pas dit, Carlotta ? Entre

autres fonctions, le docteur Grimaldi dirige la Fondation Callas…

– … laquelle attribue le prix Callas, enchaîna celui-ci, remis à la meilleure cantatrice du monde à l'issue d'un concours international.

Carlotta articula avec difficulté :

– Elle… elle avait… elle avait créé un prix ?

– Cette femme génialissime ne songeait pas qu'à elle. À sa mort, elle a destiné une partie de son argent à cette fondation afin de permettre aux artistes d'accéder à la notoriété. Quelle générosité ! Notre prix a déjà révélé de nombreux talents. Tous les grands doivent quelque chose à la Callas. Cette soirée-là est retransmise par plusieurs chaînes européennes de télévision.

Carlotta émit des sons de gorge. L'homme s'enflamma.

– Ce prix Callas offrirait une occasion judicieuse de rappeler au public la place que vous avez occupée, vous aussi, dans l'art lyrique.

Tout de même, vous avez été la collègue de Maria Callas !

Un voile commença à couvrir le salon qui l'entourait, Carlotta chercha son air, le malaise fondait sur elle.

– La collègue ? proféra-t-elle du bout des lèvres.

Enzo fut parfait : devinant l'indisposition de Carlotta, il monopolisa la parole, remercia vivement le docteur Grimaldi, promit qu'ils y réfléchiraient ensemble et lui répondraient sans tarder, mais que surtout ils ne le retenaient pas, lui qui avait tant de travail. Le docteur Grimaldi baisa de nouveau la main de Carlotta, lui débita une série de compliments qui sonnaient plus creux les uns que les autres, et, après un claquement de talons, s'éloigna.

Carlotta Berlumi craignit le moment où elle ne maîtriserait plus sa colère : son médecin lui avait interdit les coups de sang, son cœur pouvant lâcher à tout moment. Avachie dans son fauteuil, ses doigts contractés sur l'accoudoir, les jambes jointes, la nuque raide, elle se força à respirer posément pour ramener le calme en elle. Inspiration. Expiration. Un. Deux. Un. Deux. Voilà...

Elle déplissa sa jupe avec ses mains torturées par l'arthrose. Comme de coutume, Callas lui avait gâché sa joie... Lui accorderait-elle un jour de répit ? Faudrait-il que, jusqu'à son dernier souffle, elle se batte contre sa rivale ?

Enzo recommanda du thé et lui tendit des sucreries avec un sourire miséricordieux. Somme toute, elle chérissait ce garçon : sitôt que le crétin dégarni avait évoqué la Callas, il avait meublé la conversation et s'était arrangé pour l'éloigner.

– Grand-père ! cria soudain Enzo.

Il sauta sur ses pieds et se précipita vers un vieil homme qui pénétrait timidement dans le salon de thé.

– Tu m'avais dit que tu venais ici chaque après-midi, mon Enzo, j'ai voulu te surprendre.

Ils s'étreignirent. Enzo l'amena à leur table, fier de faire les présentations. Carlotta, qui tenait à satisfaire ce garçon, minauda.

– Bonjour, monsieur.

Celui-ci s'agenouilla devant elle.

– Carlotta, tu ne me reconnais pas ?

Son attitude étonna autant Enzo que Carlotta. Sa voix devint fébrile, il avait perdu sa contenance : recroquevillé, tremblant, il la contemplait les yeux brillants.

– Tu ne me reconnais pas. Fabrizio ? Fabrizio Ponzi. À Rimini.

Pleine de bonne volonté, Carlotta fouillait dans sa mémoire.

– Rimini… J'ai chanté à Rimini.

– En 1956.

– Exact, j'ai interprété Mimì de *La Bohème* en 1956.

– Eh bien… Fabrizio !

– Monsieur, je ne me rappelle pas tous les spectateurs de Rimini.

– Fabrizio ! Je n'avais pas été qu'un spectateur, Carlotta.

Carlotta secoua la tête, infichue de se souvenir de cet individu.

– Carlotta, j'avais été…

Il se tourna vers Enzo, gêné, pour lui signifier qu'il préférerait qu'il s'écartât, mais Enzo, bouche bée, ne réagit pas. Se résolvant à subir sa présence, Fabrizio poursuivit :

– Après tout, mon petit-fils est un homme désormais, il comprendra. Carlotta, pendant trois semaines, j'avais été ton… chevalier servant.

– Mon…

Les mots lui apparaissaient aussi intempestifs que ce vieux schnock.

– Enfin, Carlotta, tu ne te souviens pas du plagiste ? Celui qui apportait les matelas et les parasols ?

– Si, reprit Carlotta, rassurée. De lui, je me souviens très bien.

– C'est moi, Carlotta !

Carlotta le dévisagea, l'examina du crâne à la pointe des pieds, et gémit :

– Oh mon Dieu ! Ce n'est pas possible.

Fabrizio rayonna, content qu'elle l'ait reconnu.

– Mon pauvre Fabrizio, que t'est-il arrivé ?

– Rien…

– Si ! Tu étais grand, basané, tu avais de longs cheveux noirs flottants, tu…

– J'ai vieilli, Carlotta.

– Pourquoi ?

Elle le regarda sévèrement, subitement hostile.

– Pourquoi quoi ? répéta-t-il, pantois.

– Comment oses-tu te présenter dans cet état ?

– Mais…

– Tu crois que ça me fait plaisir ?

Elle le pointa du doigt :

– Tu crois que ça me plaît de penser que j'ai couché avec... ça ?

Ses yeux se remplirent de larmes. Elle chuchota :

– Fabrizio, un de mes plus précieux souvenirs, je le gardais au fond de mon cœur comme un des bonheurs de ma vie, trois semaines où j'ai été heureuse, trois semaines où j'avais à mes pieds, au creux de mon lit, le garçon le mieux bâti de la côte, celui que toutes les femmes convoitaient. Et tu débarques et tu me montres ça.

Elle détourna la tête, outrée, anéantie.

– Tu salis ma mémoire.

– Carlotta...

– Pars. N'insiste pas. Je ne parlerai qu'au Fabrizio que j'ai connu, pas à son grand-père. Disparais. Au nom du passé, ôte-toi de ma vue.

Enzo bondit, offusqué que le chagrin égoïste de Carlotta infligeât une humiliation à son grand-père. Carlotta ne lui laissa pas le temps de réagir, elle se leva, pressée de fuir. Avec la rapidité que lui autorisait son corps perclus d'arthrose, elle fonça vers la sortie. Sous le coup de l'émotion, elle titubait ; cependant, à force de rage et de volonté, elle parvint cahin-caha à gagner l'espace lumineux qu'encadraient deux colonnes.

Lorsqu'elle s'en approcha, elle aperçut une vieille femme aux traits crispés qui marchait dans sa direction. Elle grogna sur un ton agressif :

– Pardon, madame, je passe.

L'ancêtre s'immobilisa face à elle, revêche, et la dévisagea. Carlotta fit un geste brusque pour enjoindre à l'importune de dégager, l'autre se conduisit exactement de la même façon. Tout à coup, Carlotta prit conscience qu'elle ne se trouvait pas à la sortie, mais devant un miroir, un vaste miroir qui recouvrait le mur, et que l'affreux fossile peinturluré n'était que son reflet.

Poussant un cri d'horreur, elle s'écroula.

*

Quelques jours plus tard, dans l'église attenante à l'hôpital où Carlotta s'était éteinte, se déroula une messe en présence d'un maigre auditoire composé d'Enzo, de son grand-père, d'une infirmière et du garçon roux de l'hôtel.

Enzo, à l'issue de recherches complexes, avait joint le voisin de Carlotta en Argentine, lequel lui avait confirmé que personne, ni ami ni élève, n'estimait nécessaire de se déplacer à Milan. Aussi Enzo se chargea-t-il, après les interventions liturgiques du curé, de prononcer un éloge personnel de la disparue. Une fois sa carrière retracée à partir des bribes d'informations qu'il avait pu récolter, il conclut :

– Carlotta Berlumi a dévoué son existence à

l'opéra, rien ne la comblait plus que l'art lyrique. Nous écouterons donc la prière de la Tosca, *Vissi d'arte, vissi d'amore*, en ta mémoire, Carlotta.

Un timbre velouté s'échappa des haut-parleurs, s'éleva et caressa les voûtes. « J'ai vécu d'art, j'ai vécu d'amour ; jamais je n'ai fait de mal à qui que ce soit », murmurait mélodieusement la soprano. Entre la confession et la supplication, une femme souffrante à la présence poignante, à la respiration longue, quoique hachée par l'émotion, s'infiltrait au plus intime de chaque auditeur en lui communiquant son désarroi. « Alors pourquoi ? Pourquoi, mon Dieu, me traiter ainsi ? » À quoi bon servir l'art si la violence du monde continuait à s'acharner sur nous ?

Plus qu'à du chant, on assistait à un envol, celui d'une âme, une âme porteuse de toutes les aspirations humaines, une âme sacrifiée pour que la beauté existe et qui n'en obtenait aucune récompense. Le souffle venait des profondeurs de la terre avant d'y retourner. La voix capiteuse ne se montrait pas docile, même si la chanteuse parvenait à la discipliner, on percevait le cri en dessous. C'était un cri de douleur dompté.

Devant tant de splendeur et de détresse, les yeux d'Enzo et de son grand-père s'humectèrent. Ce dernier se pencha vers son petit-fils.

– Finalement, tu as récupéré ses enregistrements, mon garçon ?

Enzo se pinça les lèvres et grimaça. Les hommes en costume sombre soulevèrent le cercueil.

Et tandis que la dépouille de Carlotta Berlumi quittait lentement la chapelle, *Vissi d'arte* chanté par Maria Callas émut tant l'assistance que même le prêtre, les enfants de chœur et les employés des pompes funèbres, pourtant rompus à de telles cérémonies, se mirent, eux aussi, à pleurer.

DU MÊME AUTEUR

Aux Éditions Albin Michel

Romans

LA SECTE DES ÉGOÏSTES, 1994.
L'ÉVANGILE SELON PILATE, 2000, 2005.
LA PART DE L'AUTRE, 2001.
LORSQUE J'ÉTAIS UNE ŒUVRE D'ART, 2002.
ULYSSE FROM BAGDAD, 2008.
LA FEMME AU MIROIR, 2011.
LES PERROQUETS DE LA PLACE D'AREZZO, 2013.
L'HOMME QUI VOYAIT À TRAVERS LES VISAGES, 2016.
LA TRAVERSÉE DES TEMPS
1. Paradis perdus, 2021.
2. La Porte du ciel, 2021.
3. Soleil sombre, 2022.

Nouvelles

ODETTE TOULEMONDE ET AUTRES HISTOIRES, 2006.
LA RÊVEUSE D'OSTENDE, 2007.
CONCERTO À LA MÉMOIRE D'UN ANGE, Goncourt de la nouvelle, 2010.
LES DEUX MESSIEURS DE BRUXELLES, 2012.
L'ÉLIXIR D'AMOUR, 2014.
LE POISON D'AMOUR, 2014.
LA VENGEANCE DU PARDON, 2017.

Le Cycle de l'invisible

MILAREPA, 1997.
MONSIEUR IBRAHIM ET LES FLEURS DU CORAN, 2001.
OSCAR ET LA DAME ROSE, 2002.
L'ENFANT DE NOÉ, 2004.
LE SUMO QUI NE POUVAIT PAS GROSSIR, 2009.
LES DIX ENFANTS QUE MADAME MING N'A JAMAIS EUS, 2012.
MADAME PYLINSKA ET LE SECRET DE CHOPIN, 2018.
FÉLIX ET LA SOURCE INVISIBLE, 2019.

Récits

LA NUIT DE FEU, 2015.
JOURNAL D'UN AMOUR PERDU, 2019.
LE DÉFI DE JÉRUSALEM, 2023.

Essais

DIDEROT, OU LA PHILOSOPHIE DE LA SÉDUCTION, 1997.
MA VIE AVEC MOZART, 2005.
QUAND JE PENSE QUE BEETHOVEN EST MORT ALORS QUE TANT DE CRÉTINS VIVENT, 2010.
PLUS TARD, JE SERAI UN ENFANT (entretiens avec Catherine Lalanne), éditions Bayard, 2017.

Beau-livre

LE CARNAVAL DES ANIMAUX, musique de Camille Saint-Saëns, illustrations de Pascale Bordet, 2014.

Théâtre

Le Grand Prix du Théâtre de l'Académie française
a été décerné à Éric-Emmanuel Schmitt
pour l'ensemble de son œuvre

LA NUIT DE VALOGNES, 1991.
LE VISITEUR (Molière du meilleur auteur), 1993.
GOLDEN JOE, 1995.
VARIATIONS ÉNIGMATIQUES, 1996.
LE LIBERTIN, 1997.
FRÉDÉRICK, OU LE BOULEVARD DU CRIME, 1998.
HÔTEL DES DEUX MONDES, 1999.
PETITS CRIMES CONJUGAUX, 2003.
MES ÉVANGILES (*La Nuit des Oliviers, L'Évangile selon Pilate*), 2004.
LA TECTONIQUE DES SENTIMENTS, 2008.
UN HOMME TROP FACILE, 2013.
THE GUITRYS, 2013.
LA TRAHISON D'EINSTEIN, 2014.
GEORGES ET GEORGES, Livre de Poche, 2014.
SI ON RECOMMENÇAIT, Livre de Poche, 2014.
BUNGALOW 21, 2023.

Site Internet : eric-emmanuel-schmitt.com

Composition IGS-CP
Impression CPI Bussière en septembre 2023
Éditions Albin Michel
22, rue Huyghens, 75014 Paris
www.albin-michel.fr
ISBN : 978-2-226-48784-1
N° d'édition : 25622/01 – N° d'impression : 2072428
Dépôt légal : octobre 2023
Imprimé en France